浙江少年文学新星丛书·第六辑

海飞　主编

及笄

蔡雨欣　著

吉林文史出版社
JILINWENSHICHUBANSHE

图书在版编目（ＣＩＰ）数据

及笄 / 蔡雨欣著. -- 长春 ：吉林文史出版社，
2019.11 （2022.2）

ISBN 978-7-5472-6706-6

Ⅰ．①及… Ⅱ．①蔡… Ⅲ．①散文集－中国－当代
Ⅳ．①I267

中国版本图书馆 CIP 数据核字（2019）第 253974 号

及笄

JIJI

著　　者：蔡雨欣
责任编辑：柳永哲
封面设计：四川悟阅文化传播有限公司
出版发行：吉林文史出版社有限责任公司
地　　址：长春市净月区福祉大路 5788 号　　邮编：130118
电　　话：0431-81629363（总编室）　0431-81629372（发行科）
网　　址：www.jlws.com.cn
印　　刷：三河市嵩川印刷有限公司
经　　销：全国新华书店
开　　本：210mm×145mm　1/32
印　　张：7
字　　数：124 千字
版　　次：2020 年 1 月第 1 版　2022 年 2 月第 2 次印刷
定　　价：36.00 元
书　　号：ISBN 978-7-5472-6706-6

印装错误可与印刷厂联系退换。

蔡雨欣

　　汉族，浙江瑞安人，浙江省少年作家协会会员，获2017年度浙江省"少年文学新星"称号。曾在《中国校园文学》《少年百科知识报》《动手做报》《我们爱科学》《学生时代》《瑞安日报》《小榕树》《玉海楼》《瓯越》等报纸杂志上发表过近百篇文学作品。参加全国、省市级各类征文比赛多次获奖。《夏夜的小星星》入选《浙江少年文学新星丛书·第四辑》，并由现代出版社正式出版。

2004　我偶遇那第一抹彩光，世界，你好

2005　童年的记忆，唯美食与爱不可辜负

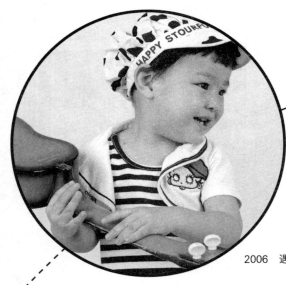

2006　遇见便是遇见，像星光也像长河

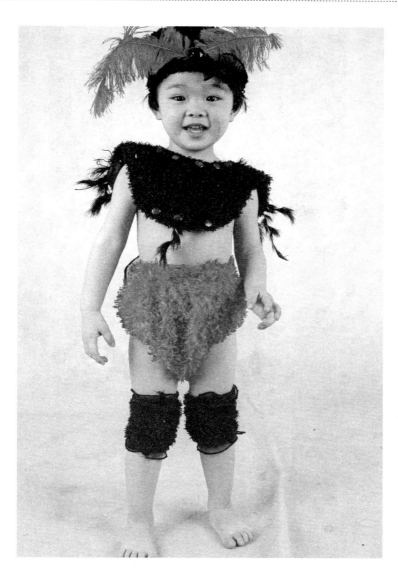

2007　木梯载着年少，旋转着攀向另一个世界

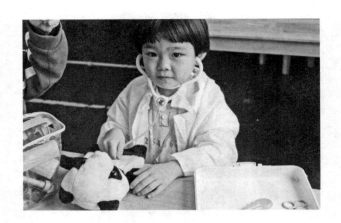

2008　长大后一直想不明白，在小孩子眼中，如何定义成长

2009　像断了片的回忆，拉扯着我走向梦深

2010　上了学，总是一个人的征途

2011　不喜欢的不要强迫自己，喜欢的就勇敢前行

2012　我不是成就的归人，是一往直前的过客

2013　那些年，我们一起向前的约定

2014　成长就是蜕变，像是一则美丽而奇幻的故事

2015　心总是在路上，路也总是在心里

2016　再辛苦的日子，也会有不辛苦的快乐

2017　命运总会拨动人最不愿意触碰的心弦，奏成更悲伤的蓝调

2019　十五岁离开，是为了更好地归来啊

蔡雨欣是我的学生，从某种意义上说，她是我的"文学弟子"，而且是很正规拜过师的那种，但是我一次也没有教过她。

记得那是前年的冬天，蔡雨欣出了一本书。消息传出来，在瑞安小城引起了一些反响。我打听了一下，也觉得很吃惊。一个七年级的学生，出了一本文学作品集，那是了不起的。有一天，她的父母，不知道出于什么考虑，竟然找到了我，说是让我收雨欣做徒弟。我开玩笑地跟她妈妈说，我的特长是写诗，雨欣跟我学了，会不会对她的学业造成影响？如果沉迷于写诗，作文都不去写了，那考试怎么办？

她妈妈竟然态度很坚决，她说雨欣不会的，她的成绩非常好，一直是班里的"前三"。我只好约定了一个时间，答应她带雨欣过来见见面，看看我们两人有没有缘分。

雨欣长着一张圆圆的脸，扎着一条小辫子，大大的眼睛里透着一丝聪颖，看上去既文静又朴实，具有乖巧、懂事女孩的"标配"形象，我马上就答应了。

交谈后才知道，我和雨欣的父母还是校友。他们从小就对雨欣进行严格的训练。显然，雨欣的良好气质来源于优良的家教——父母有意识地培养着她的一种独立能力，所以没有一点儿独生子女的娇气。这一点在她的文章里也有所体现，在《所向》里，雨欣有这么一段："爸爸是经典的监督员，妈妈是新素材的搜刮者，每天六点半起床，我必须朗读十五分钟的《增广贤文》，或者《笠翁对韵》之类，还要看十五分钟的课外书，七点早餐。"这段文字让我有所启发,这样的家教也让我钦佩,但我更感兴趣的却是后面的文字:"……因为学校远,七点二十就要出发,在车上的时光虽是有那么几日勤劳地听英语,但也会忙里偷闲发发呆,看看路边的建筑。当时的我,看着同伴们七点三十起床,悠哉悠哉的生活羡慕得不行,还常和爸妈大吵……在车上放飞自我的途中,免不了被爸爸发现浪费时间,久而久之我便学会了一招,跟着音频里的声音哼哼几句,再时不时地蹦出几个单词,到后来还摸清了一些套路。譬如在路上看见一些学过的英文单词的事物便报出来,有时再组个长句,爸爸的英文极差,听着我乱七八糟在讲陌生语种便认定我十分认真,而我却有了更多的时间去思考一些从未想过的问题。"都说独生子女是孤独的,有些还具有"极端"的性格,这些性格,有时还会引发一些家庭问题,甚至是社会问题。雨欣则不然,她处理得很好,把"坏"处变成了"好"处!难道,她出色的观察力与叙述能力就是在这样的"孤独感"中培养出来的?我不禁莞尔。

"开灯的时候/我才发现夜晚是黑色的""再多的负重,休憩之后也会变得更为轻松,再多的山穷水尽,重整旗鼓后也会变得柳暗花明。""我迷惘,或许迷惘正是源于对未知的好奇与探索吧。""懒惰,不是一个贬义词"这是我随手摘录出来的她文章中的句子。读雨欣的文字,一点儿也不会感觉到偏激、叛逆、不羁与放纵,泛起的却是对早慧的一份惊诧感。

除了文章中不时流泻出的佳句,雨欣的文字还很有诗意:"老槐树是流动的绿色,阳光变得透明,一切都很微妙,于是眼神有了温度,手心有了潮湿。他第一次发现,绿色竟是这么清新而自然，像极了所有错过却终可以弥补的年少时光。""谁见过风呢，我们从来都没有见过，但当树叶颤动，就知风吹过。谁明白过成长呢，我们从来都没有明白过，但当分别真正来临，就知成长的云影掠过。"

书中有录入诗歌，这大概是她的最爱！她年纪虽小，却已经懂得运用一些意象去表达对生活的感受，略显生涩的句子中满满的诗的光芒，这是难能可贵的。我倏忽发现，她的这种能力不仅体现在文字上，也体现在她给自己所取的书名上，你看：《及笄》。"及笄"，在古代是指女子年满15周岁，具有成长了的意味。作为书名，就显得非常独特——这是一个少女的心愿了。

"倦鸟牵起涟漪，月光就碎了／有太多的诗句，遗落在梦里。"这是她写在诗歌前言里的诗，现在，这些"遗落在梦里"的文字，被她轻轻地拈起，我们就这样，看着这个早慧的少年在文字中慢慢地向我们走来，又慢慢地走向远方。她的文章中还曾引用了一句杰克·凯鲁亚克的话："我们还有更长的路要走，不过没关系，道路就是生活。"是的，是的。道路就是生活！是为序。

林新荣

内容简介

　　这是一本散文集。全书分为两个部分，分别是《夏日的雨》和《冬日的欣》，是写给我所走过的第一个十五年，在这五千多个日子里，那些遗落的无法丈量的年华都被我小心地记下，虽然有太多太多已经没有了记忆与可以追寻的蛛丝马迹，但我仍坚持着，提着灯去照亮一千条一万条路，夹杂着青春还有幸福的过往。以后的天空尽管会有那么多的阴霾，但终究还是会蔚蓝，云依旧会潇洒地来去，年华也将留下属于我的印记。

　　拾光年华，回不去的少年时光；碎月满地，数不清的年少岁月。十五，你好！

目录

CONTENTS

碎月·吾思

夏日的 雨

没有狂风卷集乌云，没有海燕搏击长空，你笑了，它就来了，来得那么匆忙，来得那么神秘。燥热的心倏忽沉寂下来，一股清凉贯彻头尾，心舒坦了，你宁静了……

拾光年华，回不去的少年时光。

时光 · 成长

时光像飞鸟，
嘀嘀嗒嗒跑过第一个十五；

游丝像情思，
缠缠绵绵锁住每一年清秋。

向自己说声你好

我不知道前一次对自己说"Hello"是在多少个日子之前了，或许归根结底从来就没有说过。我们似乎总是对新日子匆忙地示意问好，却总是忘了和旧日子道别。在时光蹉跎过的那些日子里，摒弃每一个漫长的十月，向世界以哭泣的方式问候，于是，我来了。

妈妈在生我之前给中医把过脉，是个男孩。因此，小到我的装束玩具，大到房间布置、名字称号，不论是祝福还是赠礼都被烙上男孩的印迹。妈妈说，我在她肚中的时候，本叫"蔡子"。说实在的，我挺喜欢这个称呼，油菜籽也好，什么卷心菜、青菜、大白菜的籽都好，种下的是一个未知的小东西，长出来的却是如此曼妙的大块头，还开花。油菜是黄的花，人间四月便开满山野，染黄了山岗田野。家乡有一个叫"桐浦"的地方，以四月油菜而闻名。记得那儿有一个水库，去玩时还在油菜花田里放风筝。当时只有一种天很纯净的感觉，会有一对恋人倚着水库的大坝拍婚纱照。太阳很明朗，水库的水一闪一闪，洁白的婚

及笄

纱也跟着光芒跳跃，姑娘的头饰上有一颗很绚丽的珍珠，或是钻石，在光束下熠熠生辉。她的每一次转头，清风扬起发梢，一点一点都贴近了心与阳光的距离。

我是尤其喜欢那种洁白的情调，并不是羡慕伴侣，而是羡慕阳光对那新娘的温柔。所以鉴于这种来自少女情怀的细腻，我若是个男孩，未必就有如此"romantic"。长大后读到《窦娥冤》，感慨六月飞雪，又忽而想起幼年在男孩的阴影中度过，所有的相册中都呈现永恒不变的男儿装束，短发、西装。即使眼里狂跳着对芭比公主的向往，可是又有谁会懂得你内心深处的渴求呢？以偏概全，认定是个男孩罢了。因而想到笔名若取个"六月雪"岂不是颇具风味？

言归正传，顺产的我发出的第一声啼哭，便是对这个世界的第一声致意。生命是如此神圣而又虔诚的东西，它不是玩笑，也不是潦草，你可以精雕细琢，也可以浑浑噩噩。从一个受精卵的分裂到个体的形成，我们从那么微乎其微变得活力四射，精彩地过着每一日的生活。我们是汪洋大海中的一叶小舟，我们被赋予了生命的权利，被赋予了喜怒哀乐。我很庆幸自己是一个人，而不是其他任何一种生物，我更庆幸自己的健全，拥有一双古木斑驳的棕色双眸。

眼睛，永远都是心灵的窗户啊！通透着的光芒足以灼伤自己。

　　刚出生的时候，已经是妈妈腹疼的第三日了。一位幸运的女孩在经历了父亲以及亲戚的百般诧异后终于被肯定。我是凌晨的时候来到新世界的，是那年国际禁毒日产房第一人，我那么幸运地诞生，却把母亲送进了病房。生我之后的母亲泌尿系统出了问题，不得不插着导管人工排液。我真正看见母亲，真正投入她的怀抱，已是半个月后了。

　　或许，这就是所谓母亲如青苔，庄严而又卑微的另一种含义。

　　小时候的我，是个大头娃娃，在众人眼中的我，如今的亭亭玉立都源自儿时的积淀，这或许就是"物极必反"吧！女大十八变，变幻着的虽然只是个未知，但是再怎样不愉快，彷徨怅惘忧伤哀思，都是能进行蜕变的。所以有时候真的无须把心放在令你产生"负能量"的感情上，大不必杞人忧天。生活本味，岁月静好，身边的所有都无疑是过往烟云，活着，就要活出新的自己。

　　舅妈生咕咚的那天恰是周日，又逢腊八，上完晚自修的我正踏着满是疲惫的步伐漫漫而归。大约九点时接到了外婆的电话，不到一小时，咕咚就会以她自己的姿态降临到这个新世界。还在高速上飞驰的汽车载着满是好奇的我匆匆奔向了医院，带着数以千计的疑问，望着手术室的灯仿佛经久不息地晃着我的眼。困意像潮水般翻涌而来，直到再一次呈现出世界的画面，咕咚那巨大的头和小得可怜的紧闭的眼出现在我身边。如此，家里又平添了几许闹意，积累了几分欢喜。

咕咚闭着眼的时候，安静得像一汪浅浅的潭水；睁开眼就似追不到影子的轻风。忽而，像是悟到了转世的真理，从来都不迷信的我也仿佛相信了来生，我不知道我的前世是谁，也不知道他（她）带着怎样的未央使命离开，我这一生所能做的，就是活在咫尺，活在当下，带着自己这一生未结的疑问散落在记忆的星河，期待为帆，砥砺为船。忽明忽暗的灯塔，我们向着它驶去，驶过风口浪尖，也驶过柔光月色，起起伏伏，跌跌宕宕，才称得上人生姿态。

我不知道我的未来是谁，也不知道未来的来临是鉴于怎样的一种契机，更不知余生的未来我是否行走在诗与远方，转世的我是否活成自己。

好吧，无论如何，我还是来了。不偏不倚在2004年6月26日0点40分来了。

我迎接生命的第一个早晨，朝霞落在窗棂，夜色洗去繁星，我偶遇那第一抹彩光，世界，你好！

市梯

虽说我是个如此幸运的女孩，被打奖般中了女儿身，可这儿时的思维与行动，却俨然像个男孩。

小时候的我胃口特别大，每隔那么几个钟头便要哇哇大哭求奶喝。所以爸妈太容易摸着我的秉性了，一杯奶解决一场哭足矣。或许就被这样训练出来，几个月后夜半三更，我会在惊醒时"一展歌喉，哭声嘹亮"，哭声虽比不上杀猪般的嚎叫，但也差不了几分。因此，这成了我召唤牛奶的法宝，无论何时何地何人何物，打开嗓门便有"上门服务，心满意足"。

我"哭声彻耳"的名号也由此广为传颂，街坊邻居无一不受过我半夜的"穿孔骚扰"，频频上门以示不满，弄得母亲尴尬不已，却又无能为力，只好加快泡奶速度，我也就有了一种"衣来伸手，饭来张口"的优越感。

有人说："唯美食与爱不可辜负。"是啊，食，不过是人间烟火，点缀了浩瀚星途，而爱，是星途上唯一的风帆，你成长的船总会在隐形的风帆下驶得那么平缓。

　　抱我的第一个保姆是月新姨，在妈妈的要求下，她每天都和妈妈轮番给我念书，给我放音乐，给我做体操。她陪伴我度过初到世界的所有惊喜而又迷惘的时光，整整六个月，我变得一见着她就笑。再后来，月新姨走了，我那倔强劲儿又不肯给其他陌生保姆抱着，每次都咿咿呀呀哭个不停，后果自然可想而知。一连36个保姆全都待不住半月，匆匆离开。没办法，外婆只好放下手里一直以来从不停歇的工作，陪我到学会走路。

　　刚学会走路的我，有一种"孤高自傲"的心，可能也懂得了"欲穷千里目，更上一层楼"的人生哲理，所有的台阶、楼梯，还是什么土块、石头都非要迈着趔趄的步伐站上去一试。鉴于我这种"一心上进"的心态，再加上原先的房子已不足我的生活，周边环境也颇有些不尽如人意，爸妈便决定重新买一套房子。

　　在走遍大街小巷后，有一间带有顶楼花园和旋转木梯的房子得获了我年幼的心。这套房子原出于一个董事长之手，房内的布局也十分端庄大气，有跃层的花园与阁楼，门口还装有报警器和防盗电铃，有种反侦察的效果。

　　说实在，我这个男儿思维在这套房子里毕露无遗，房东为我们展示了神奇的报警电铃，年幼的我虽然被唬得一把抱住爸爸的大腿，但而后却开心得像是着了魔似的，不断从门口踏进又走出，让电铃响了又响，笑得上气不接下气。

很快，这套房子就被爸妈买下来了，原先暗黄的布置有些太过稳重，年幼的我，需些明亮的色彩。于是爸妈便重新粉刷为白色，还把大门的藏青改为红褐色。记得涂门的颜料时，工匠师傅一再强调我不要从门槛上踩过，爸妈也几番警告，可我却不知有意无意，将防盗电铃玩得不亦乐乎，几次跨过门槛后终于有一次不偏不倚踩中了。我虽知道或许要面临责骂与诘问，但我仍旧坐在地上笑个不停，还将姐姐招呼来踩上一脚，陪我一起"受罪"。

　　那时候的日子，简直欢脱得像是梦游一般，每天在木梯上爬来爬去，还将木梯幻想为公园中的滑梯，和表姐坐在二楼一个接一个往下滑。楼梯间的距离挺大的，年幼的我也多次被磕出淤青。但一点儿淤青又能阻止得了什么呢？迎接我的还不是第二次玩闹？

　　时常觉得，成长就像木梯，在这段攀爬的路途上总有磨难。有淤青，才让生命更美妙；有欢笑，才让生命更丰盈。

　　你的身影/失去平衡/慢慢下沉/黑暗已在空中盘旋/该往哪我看不见/也许爱在梦的另一端/无法存活在真实的空间/想回到过去……

　　　　　　　　　　　　　——周杰伦《回到过去》

　　于是，木梯载着年少，旋转着攀向另一个世界。

一梦，几经辗转

入梦

要上小学了，爸爸带我去杭州读书，我们住在学校的宿舍里。宿舍在二楼，走廊前有一棵长到了五楼的玉兰树。刚到学校的时候，还是三伏天，长长的青绿的叶里便藏着丝丝的玉兰花香。我们的寝室也因此沾上了这种不浓不淡的清香。

学校门口有几条小巷，巷子里摆着各式各样的小吃铺子。记忆中，那是一个晚上，路边的灯都开了，妈妈也还没回瑞安，灯光把我们的影子拉得很长，我们走向了小巷的尽头，一条川流不息的大道，车子的尾灯与路灯交织在一起，一晃而过，一闪而逝，都留在了我们的回忆之中。

后来，我迎来了人生第一个正式的课堂，我是一（1）班。那天，我穿着粉色格子衬衣和紫色短裙，齐耳的短发很干净，胸前挂着自我介绍的牌子，带着羞涩又带点自信，第一次一个人站在那么多人看着的舞台，第一次将上学的愿望粘贴在一（1）班的心愿树上，我开心得不能自已。

那天晚上开了家长会，我们几个跟来"偷听"的小屁孩躲在教室边的木椅上。于是我认识了一个叫"故意"的女孩，比我高好多，跳起来可以碰到班牌。她很开朗，无论什么时候都是笑着，这种无拘无束的笑也时常感染着我。排位置的时候她坐到了最后一排，而我是第二排，即使那么远的距离也是近的，距离阻止不了我们下课的嬉耍。

午餐的时候，我们照例都要洗手，来自印度尼西亚的大眼睛用的是一块小熊香皂，手帕也是小熊的。"大眼睛"的午餐和我们迥乎不同，他吃的是父母或是亲戚做的大饼，也没有汤。他很瘦，所以陈老师——我们的班主任，经常会亲切地询问他是否能吃饱，但他总是很满足地点点头，还邀请老师尝尝，听说，那还是他们家乡的传统手艺。

梦像断了片的回忆，拉扯着我走向了梦深。

梦深

妈妈回瑞安了，答应一星期来看我一次，还会给我带产于顶楼花园的鸽子蛋。实在没想到，我竟然如此愉快地接受了条件。妈妈送了我一个粉白相间的米菲兔笔袋便上了出租汽车。我看不见，看不见汽车尾烟消失在大路的尽头……

夜深的时候，操场草地里的蛐蛐儿有一下没一下地叫

及笄

唤，我醒了好几次，终又沉沉地睡去。我迷迷糊糊地呼唤着妈妈，梦见妈妈走了，忧伤地离去了，拿着我画的图画。

第二天，我才明白妈妈真的走了，早饭没有人做，我与爸爸来到了学校餐厅，有一个叫"李阳"的体育老师和我们坐了一桌，爸爸在帮我剥鸡蛋。甜辣酱的味道弥漫开来，味觉无动于衷，泪腺却再也防不住了。头很晕，双眼干瞪着迷惘，世界在我眼中飘忽不定。我似乎吐了，又好像没有，只记得阴沉的天与来去无踪的风。

学校的鼓乐队奏响了乐曲，我们进行着开学典礼，当时我还小，丝毫不在意校长讲了什么。爸爸不见了，陈老师也是，我和同学还在，还有那些素未相识的面容。为什么没有人来带我回教室？妈妈到底会不会来看我？我小心翼翼地想。

或许圆满的人生真的太难，生活需要形形色色的跌宕。

可是，梦里当年的我不懂啊！

于是我又哭了，像六月飞雪，没人理解。

我回去了。我还小真的不懂。我真的吃不惯东坡肉与狮子头肉丸或是松子桂鱼和西湖藕粉。我吃不惯杭州的异地风味，只吃得惯家乡的粗茶淡饭。那儿的油是香的，醋是酸的，糖是甜的，肉汁是可口的，连五香干的味道都是亲切的。这离开的理由纵使多么离谱可笑，纵使有几多无奈可惜，恋母情怀，异乡排斥，我还是回去了。

这距离入学也才一个月吧。我在梦里数着。

如今的我回忆起那一场梦，是多么心疼当年的自己，又是多么愧悔……可是，这一切真的还有用吗？梦深的记忆浅过一张白纸，梦醒的时候早会忘却了吧！

汽车尾烟弥散，我看不清后面的景色。我离那条小巷越来越远，离那所学校越来越远。我真的走了，回来也只是过客了。

胸前被别上了小红花，又是自我介绍，我来到了妈妈的学校，依旧是一（1）班。这所学校离家很近，每天我都与妈妈一同上学放学，妈妈值日那天，我也值日。女孩心里，都是妈妈更伟大吧！我想。

梦醒

清晨的阳光洒向泥泞，朝霞揭开晨雾，这一场梦仿佛做了两年。爸爸还在原来的学校，不在杭州，我也还在爸爸学校读书，还在曾经的这个集体。

在梦里，我几经辗转，来去的行囊抵不过奔走的风尘。

可是现实的分秒，仍然在向前走着，从时光的棱角转折开始，永不停留……

那些年，那些一起向前的约定

时光总是在不经意间游走，稚嫩的浮躁逐渐被成熟的思维掩去。乳牙换了多少颗，头发长了多少寸，有谁会知道？有谁会思考？

最朴实的约定

记得刚来到这所学校的时候，还没有这幢最高最新的教学楼。早些时候，教室在小卖部隔壁，那时的我们还没有多少零花钱，小卖部的商品我们纵使垂涎三尺也是可遇不可求。一下课，三五一群如倦鸟归巢一般拥向仅仅只有半间教室大小的店铺，小卖部的阿姨总是笑呵呵的，即使我们很少去买，她也不驱我们走。她说，我们上课的时候她太清闲，和我们一样，最期待下课铃响。一下课校园便热闹了，笑声、呼声此起彼伏。那么小的我们和小卖部婆婆拉勾勾，每天都要来看她一次。她那银白色中交杂着青色的头发，在阳光下闪动着，一闪一闪，闪过了三年……

后来，她走了，似乎是去抱小孙子了，顶替她的是一位戴眼镜的中年妇女，整天数着一样样商品的数量，不会亲切地问话也不回答。而三年后，我们也搬到了那幢新的教学楼，去小卖部也是解一时之需，再也没有了那种自由而又轻松的情怀。

当你想念一个人的时候，他所有的记忆，你都会想念。

最神秘的约定

刚来学校的时候，一日偶然发现操场另一头的那棵合欢树很惹人眼。初秋的季节，豆荚青青洒拨绿意，它告诉我，春天的时候，它会开出粉嫩嫩的像扫帚一样的繁花。

于是，我一直等着，等着，春天到了，合欢树送给我一片粉色的天空。我坐在瓷砖拼接而成的围栏上，有时也坐在最矮的那个树杈上，天很蓝，操场的喧闹也去了。独自默默读一本书，像是《草房子》《青铜葵花》一类。五年级的时候恋上《哈利·波特》，这也算是我的一处密室吧。书中密室有伏地魔，有惊悚有害怕，而这处密地却给了我全然不同的遐想，是甜蜜，是清新，是随性。

很久很久后的有一天，三年级时齐耳的短发已经长到肩膀以下，稚气的面庞也逐渐褪去。那天的夕阳很美，余晖万丈，遍地的小草都被镀上了金黄，晚风吹了起来，远处的房屋都像醉酒似的洋溢着光彩。合欢树看着我，我看着教学楼，教学楼对着合欢树。时间就在三者的轮回中匆匆告急。夕阳火红得如此肆意、张扬，好似在迸发全部的力量，涤荡尘嚣……它冷酷地收起最后一抹残红，时间像是静止了一般，万物静寂无声，恍惚中，合欢树轻掷下一朵落花，躺在书页间，也是悄无声息。轻风拂过，合欢摇曳着枝干，"沙沙"的叶片翻折摩挲声冲击着我的思绪，莫名有种神秘的情怀，又忽而觉得是在哭泣。

那朵合欢花告诉我，这是我所见到的最后一次花落了，明天的此时，我们将各奔东西。我告诉那朵合欢花，夕阳西下的那刻真的好美。我又听到轻风悠然而过，像是赞许，又像是留恋。

夕阳最美的那一刻，早晚会在你意犹未尽之时销声匿迹，那一瞬的美妙绝伦，那一瞬的光彩夺目都会随时光不翼而飞，风也阻挡不了。

"一个人总要走陌生的路，看陌生的风景，听陌生的歌"，于是走着走着就散了，想着想着就淡了，听着听着便醒了，看着看着便埋没了……

它想与我约定，想紧紧抓住时光的末梢，它送我珍贵，送来满地的残花。于是我们约定，三年后的回头，从此刻开始。

一川烟草，满城风絮，梅子黄时雨。

最简单的约定

我闭了眼，你也是，抬头看帐篷外凄冷的夜与满天的繁星。你说，初中我们还是朋友。我说，我们永远都是。

月光渲染了回忆，流星冲散了梦境，那次约定，是否只是童言无忌?

今夕何夕／青草离离／明月夜送君千里／等来年／秋风起……

——郁可唯《时间煮雨》

那些年，我们一起向前的约定。

你若盛开，蝴蝶自来

——拥抱我的男神女神

舞者

你的侧颜很美，造型很酷，穿行若风云，微笑似阳光，你自有种英国白领的绅士感。剧中的冷，剧外的热，像是夏天的棒冰，冬日的暖阳。温柔的气质，宠溺的眼神，恍若钱塘大潮，吞噬多少年后的复杂，掩盖多少年前的悲伤。只留下此刻，呼吸都略显得匆忙。

如果有来生，我要做一棵树，让风做我的羽翼，雾做我的根须。如此，我便能站在孤岛中眺望大海，站成永恒，没有悲伤的姿势。大海汪洋一片，映着黄沙漫天的边疆。孤岛在这里兀自地飘，有一株白杨站在黄土里兀自地长。守卫故土，心系远方，偶尔低头抖落成长的无奈与艰辛，一半洒落阴凉，一半沐浴阳光，非常宁静非常欢喜，不借海运不去寻找。

每一段记忆，都有一个密码，有一个微笑或悲伤的宿命。

你告诉我们努力，告诉我们善良。你捡拾牧羊少年囊中的羊毛屑儿，笑着说幸福来了；我把时光栽在树下，想和你说春天到了。

无人机掠过头顶，旋转着青春年少，打开一瓶可乐，让冰爽与自由拥抱。

"如果人生有很长，别无所求，只愿有你的荣耀没有散场。"

倾城

懂，是世界上最温情的语言，有时候的我可能理解你，也可能不理解你，但始终愿意让你做自己。很多人都不留意理解的意义，总以为这是成全，但殊不知，成全是最好的爱。

我喜欢和你一样做随心的自己，直到我明白了世事无常。

假如人生不曾相遇，我还是过去的自己，用一点点的勇气面对全世界，偶尔选择在两点一线的倦途上做做天才白痴梦，无数次跌倒在岔路旁。

假如人生不曾相遇，我不会了解这个世界还有这样一个你，我不会相信有一种人会使人觉得温馨，也不会相信刻画别人的境况是如此迷惘。

心若没有栖息的地方，到哪里都是在流浪！第一次感觉活在了他人的期待里，活在了自己的梦境中。

及笄

绿水本无忧，因风皱面；青山原不老，为雪白头。

你说你总是追求平静，萍水相逢，尽是他乡客。原来真正的平静，不是避开车马喧嚣，而是在心中修篱种菊。

你有你的玄思妙想，对忙碌尘世有独到的理解。有人说不谙世事，我想我们都无能为力，灵魂若不经过寂寞与哭泣，完全炼不出任何有价值的东西来。

于是你写下了自己，从出生到相爱，从失败到成功，于是我收拾行囊，爬上房梁摘下夏夜的星星。

黑夜总在黎明之前，阳光总在风雨之后。喜欢体验生活的人，只要一心所向，再苦再累也是一种平和的享受。

昙花总不在意，今年梨花谢明年杏花开，季节里的容颜如莲花般开落；梅花总不在意，"苦争春"与"群芳妒"，化作春泥依旧痴香如故；兰花总不在意浓情蜜语迁客骚人，过多的时光涌动也只是沦为人生的过客。而你总不在意人生渺无定数的蹉跎，或许最美的时光氤氲在岁月的旅程。

少女，望见你像微微一笑，思绪涌动是樱花季节。

纵使悲伤逆流成河，十八岁生日那天仍旧有场狮子座的流星雨。

乘坐有轨电车驶向你的四季，想念你羞涩的眉眼与青葱的岁月，想看你回眸一笑百媚生，六宫粉黛无颜色，想听你轻声歌唱极限爱恋。幻想总有一日同框出现，你的欣喜，我的激动，搭配正巧，镌刻在平淡年华，记录在素色信笺，伴爱踏花馥香缀梦。

愿我们都能卸掉坚硬的外壳，倘若泪水决堤，融化成的也是甜甜的奶油。

愿我们都能把喜欢做到极致，倘若真的找不到方向，前行的脚步也停止不了。

因为懂你，所以留意你；因为爱你，所以成全你。

芭蕉

今生有你定不寂寞，你是我在诗词世界遇见的最美好的开始。

你是一个风流倜傥，却从不拈花惹草的男子，不慕名利，也不好美色，感性总是你出游的标签。点滴芭蕉你催忆当年，梨花落尽你潸然泪下。你的字里行间都通透着你最质朴最动人的情愫，可你的心事又有几人知？

看着双莺相啼，望着明月西落，雨歇微凉，似梦一场。

你让我渐渐明白了尘世的包裹都好似纷杂凌乱，都将是过往云烟，再华丽的外表也掩饰不了内心的空洞与败落。

不一样的人会悟出不一样的见解，或许你我所爱大不相同，但我们所求一定相差无几。在最真实的情感中，让心路坎坷，有你的鼓励与经验，定会更好……

不为往事扰，只为余生笑！

咏絮

四月天都过了，燕子也不呢喃，而爱也不再到来吗？

有人说你是民国第一才女，于是我翻出来黑白老相片。相片里的你被强抹上黑白的色彩，酒窝不是桃色，短发蓬松地柔和，微笑温暖地阳光。你缓缓走着，自有种千古传唱的佳音之感，美的是腹有诗书，慧的是行万里路。心动是一时，心懂是一生。于是，你点亮了扉页。

《再别康桥》的那位诗人想你，

建筑学大才子爱你，

终身未娶的哲学大亨宠你。

隔着如许波烟岁月，你美成书页中的一个剪影。

一生说短不短，说长也不长。

不是所有过往都是美好，还有许多我们不愿擦去的残痕。或许你想抹去，却永远洗不掉。

会过去的总不会停留太久，时光不容你讨价还价，该散去的，终究不会再属于你。

遇见对的人，会与对的自己相逢。人生这条原野小径，只有无数问题，没有穷尽答案吗？

于是你又提笔再写，缓缓地写。

"答案很长，我准备用一生的时间来回答，你准备要听了吗？"

后记

　　按理来说，十五年的成长似乎是没有后记，因为生命的年轮总在一直又一直地往前翻滚着，在形成定数之前，你永远都不可能指出那儿是所谓的结局。但我还是想为这十五年的成长补上一个句号，因为这十五年对我，对每个人都只有一次，真的太重要了。

　　在这十五年里，我渐渐活成了一个独立的个体，从依赖什么到最终拥有自己的个性。在这漫长的蜕变中总有一长串一长串的记忆想被永远留存，只可惜我一直都没有办法永远记下生活中的每一个微不足道的细节，而写下——一点一点靠着回忆篝火取暖，恰巧就成了我十五年里可以回味的温情。

　　于是，时光像飞鸟，嘀嘀嗒嗒跑过第一个十五；游丝像情思，缠缠绵绵锁住每一年清秋。

拾光·告白

十五岁的日子那么直白而淡定
就这样逐梦而去吧

音痴

我不会是伯牙善鼓琴，钟子期善听，论鼓琴吟乐无一擅长。高山流水草长莺飞都听不懂，所以，我自称的这"音痴"，不是对音乐的痴迷，而是音乐白痴的自我安慰。

我外公是一个很有音乐细胞的老顽童，会拉二胡，会吹长笛和箫，北欧风格与中国古典民谣音乐都信手拈来。外公做过好几份工作，种田打铁经商都干过，长久在水深火热中生活练就了外公坚毅的品质，近而又有了一种黄土高原的醇厚性格。在他的影响下，妈妈也成了音乐的痴迷者，最爱西方古典钢琴曲以及中国戏剧，还弹得一手好吉他。最近天气燥热无比，洒水车游走时放的正是妈妈教过我的《兰花草》。清凉的气息加上土地的温热，配上轻快的音乐，难得在俗世凡界有此类清闲。

可我，明摆着是"董氏家族"的音乐终结者，一来在姓氏上终结，二来在音乐细胞的传承上终结。从小到大，音乐考试"A-P-E"，就没有一次与A结缘。没办法，承认自己患有"先天性音乐白痴"这种惨无人道的疾病，音

及笄

准不高，节奏不合，除了唯一能大放光彩的音色之外，无一能体现出我是个优雅女孩的特征。只好感慨所有交过的学费都打了水漂，所有学过的知识都还给老师了。

说实在，我也不是骨子里就无缘音乐的人。小班，妈妈就送我去学电子琴，每次的学期结束文艺汇演我也都是很积极地去参加。那时候的我带点幼年的小骄傲，总喜欢被聚光灯环绕的感觉。脸上抹着彩妆，台下的人都注意着自己，开着闪光灯的相机微笑着向你致意，而自己用指尖的飞舞谱写胜利的乐章。也总羡慕那些弹钢琴和双排键的大哥哥大姐姐们，一人独奏，万众瞩目。记得在老校区里，钢琴琴房和双排键琴房都是单独成立的，进门要脱鞋，室内只有一两架乐器，地板是浅棕色与褐色相交，是幽静深远，是悠扬端庄。那里是我小时心之所向的地方。趴在门上，还可以听见里边婉转的琴声，旁听的我，意犹未尽，一心向往。

小时候的我也不是那么有耐心，不肯一个人练习曲目，也不肯每天坚持练习。或许这就是我输在起跑线的原因，我一直都把音乐认作为一种放松、一种愉悦，而不是潜心钻研，一心一意。

记得有一个晚上，夜黑风高，突然教室停了电，刹那间，一片漆黑笼罩了我们，整个街区瞬间变得死气沉沉。我当时还只有大班，那节课也是第一次在没有父母的陪伴下度过的，从小爱哭的我被唬得不行，一边在黑夜中摸索出口，一边泪如雨下。

教室太黑了，老师也看不见我，慌乱、惶恐的气氛包裹住了世界。半晌，教室就变为哀怨奏鸣曲，十个人的哭声翻卷而来。老师凭着感觉摸了摸抽屉，找不到蜡烛或是手电，沉思良久，也不知如何是好，只留下时间一点一点飞逝，倏忽，一阵轻扬的音乐缓缓而来，（老师的琴是用蓄电池的）是首钢琴曲，一首我从未听过的曲子。我愣住了。

有几个人还在哭，但也都渐渐变为抽泣。

多少年后，我终于忆起，也终于找到那首歌曲的名字，叫《卡农》。

那天也算是音痴唯一不痴的一天。

在这条音乐之旅的岔路口，很可惜，没能优秀通过毕业考试，也不能晋级学习钢琴。于是，音痴就放弃了对音乐的渴求，曾经的那么一点点执着也都随之烟消云散。即便后来接触了古筝和笛子，但也都无疾而终。怨恨的也只能是自己不够努力的身影与不够痴迷的态度。

人生这条路很长很长，不知道以后的哪一个日子，我会不会重新拾起这些零星的碎片记忆。学习与练习的过程很难，收获与成功也很不容易，我不知道自己到底是不是走在"音痴"的道路上，即使走上了也不是一意孤行。不喜欢的不要强迫自己，喜欢的就勇敢前行。

　　我从来没有想过世界上会有终南捷径，也从不后悔自己在可能完全错误的地方浪费感情。

　　就随心所欲生活，不要太用力，也不要太费劲，即使输了也没关系。

　　遇见便是遇见，像星光也像长河。

总有一处温暖的心房

　　一直都很喜欢涂鸦，从小到大。老家的客厅墙壁在还未重新粉刷前都布满了我的"色彩魔爪"。虽然只是简单到极致的单线条描摹和乏味至极的蓝色系勾勒，但每一个笔触都积淀着成长。

　　学画画的地方是妈妈同事介绍的，有专业的美院老师，也有专门绘画启蒙指导老师。记忆中那年的我也就五六岁，沿着塘河河堤一直走，从第一条小巷走起数一百个数所到的那个单元楼，就是我最初接触绘画的地方。第一位教我绘画的是黄老师，她教我们画自己的同伴。

　　由于在暑假班刚开始的时候，妈妈正好带我去了福建，所以接触绘画明显又是输在了起跑线。可年少的我终究不明白一些所谓竞争与成败的概念，除了比别人慢上个半拍之外，还真没有其他什么更在意的东西了。坐在空调房中，如此闲适地去描绘你眼前的这位"志同道合"的人。或许有背后暗人的督促，有父母的紧逼，但这般曼妙的午后，潇洒在童年的岔路口，又有因为缘分相识的狐朋狗友与你争执一些并不发觉幼稚的问题。我们来自不一样的起点，期盼着陌生的路线，作为同一程的旅伴，在那一刻擎起火焰。

长大后一直想不明白，在小孩子的眼中，如何定义着绘画？

是不是没有人会在那么年轻的日子里在每一幅画上浪费感情，可你所画的，除了记录下某一时刻某一契合，又悄无声息地记载着你的蜕变。是不是不管从懵懂到清晰还是从不爱到爱，绘画又都潜移默化地改变着我。看来，色调搭配乃至是非价值观或是如何面对污点都需要一颗清醒的头脑。

记得学渐变色的时候，喜欢把颜色竖着一杆一杆地涂，将好多十分相近的颜色拼接在一起，平铺在白得有些许苍凉的纸上。这个念头在还未启程前就被老师打压了，所解释的错误示例就是我的胡思乱想。我长大了以后去荷兰看梵高的画展，在惊异的同时，更多的是发现梵高的画作层次与着色叠加和我小时候的奇想颇有些异曲同工之妙。虽明白老师之意，但又有些哭笑不得。我一直比较喜欢用一些来自西方的颜料，像是丙烯水粉、马克笔、油性彩铅、水溶彩铅和色粉笔一类，但也十分喜好传统的水彩。那个年代，好的马克笔也只是第四代，笔杆是黑色的，两头都可以用。现在虽已进化至六代，但家中所留有的仍是那一盒普通而珍贵的老物件。七八岁虽还没有到可以掌握大牌工具的时期，但心切的我毫不留意自己用着什么，"吃着碗里瞧着锅里"，总羡慕那些高年级的大哥哥大姐姐们很随性自若地用。有时候艺考的人多了，高级班容不下，便常常有成群的学生来我们教室补习，每人画着不一样的图画，用着不一样的材料，依着不一样的心情，抹出不一样的色彩。于是，这些课程，无论画什么，我都会莫名画得出奇的好。三年级画过一只微型的白天鹅，还被老师挂在了吊顶上，一进门就撞得见，那段日子着实欣喜得发狂。

记得后来，原先依着塘河的画室起了火，我们被转到了另一个也依着河的小别墅里学习。那条路在记忆中忽明忽暗，仿佛有杨柳垂堤，也有艳阳高照。在那里学习的那个夏天，即使开着18℃的空调还觉得炎热。但在那里，我认识了一对叫"甜甜蜜蜜"的双胞胎女孩。姐妹俩都是绘画的老手，比我早一年学习，自然画得比我好。到三年级后，偶然发觉她俩在我们学校读书，成绩也都名列前茅。在以后的路上，我们还成了强有力的对手，但童年的我们真的顾忌不上这么多琐事，长大后或许也不会。

六年级在准备艺术节的奋战时，姐妹俩和我经常一同在放学后赶往新画室，踏着夜幕而归，也经常迈着同样的步伐去买馄饨和瘦肉丸作晚餐。回想起那段艰苦的日子，画室成了我们除家和学校外待得最多的地方。我们一起补

及笄

作业，吃夜宵，看那些20世纪的动画片，不断练习参赛的作品。

星子在无意中闪，细雨点洒在花前。路灯在月光下放飞萤火，流逝在记忆的长河。

再辛苦的日子，也会有不辛苦的欢乐。

路途即使再曲折漫长，每天也依旧会有纷扰。心之所向的东西无所谓忧伤。那段时光，真真切切地体会到了沧海一粟，也开始逐渐在比赛与练习中不再感到焦虑。

日复一日的准备着同样一幅作品，那些所谓的厌烦与迷惘，都来了又走。每一次不同的尝试都会有不一样的成果，一张张洁白的纸就这样被赋予一种神秘的力量。

我就这么来了，从初识到相爱，时光早已被绘画拖去了十来个春秋。

《牧羊少年奇幻之旅》中有这样一句话："没有一颗心，会因为追求梦想而受伤。当你真心渴望某样东西时，整个宇宙都会来帮忙。"

敢爱的勇敢去爱，敢追的努力去追。

归去

小巷被夕阳残照的日子，在努力。

路灯被夜雨泼洒的日子，在回忆……

从中班一次文艺汇演开始，我逐渐开始接触这一个全新的艺术。在少年宫的舞蹈班里，我看什么都觉得新奇，舞蹈班的老师是被聘来的，姓徐，正是我幼儿园中班刚刚接触的新老师。幼儿园中的我着实是个机灵鬼，在接触了，熟悉了之后，也会很独立自主。徐老师很喜欢我，自然在少年宫，我也备受关注。

说实在，关于舞蹈方面，我真不是个一点就通的老手，虽然学得极快，但无论是在柔韧度还是节奏感上都没有特别突出。因为我当时个子小，老师只好给我安排了一个"主角"的位子，就在第一排的正中间。

怀着年少的那份自豪劲与好胜心，想着在学期结束报告里崭露头角，我加倍努力地学习着新的舞蹈动作。或许只是为了炫耀或是因为得意，在家里的时候，我总会搬个小垫子放在墙的旁边，下腰，横叉什么的，常常自己摸索着练习。这样的自居方式带来的结果在当时真的是始料未及，我借着自己的那股小倔劲儿，有意无意地隔一个两天练习一次，一刻比一刻兴奋，个人素养也在这背后悄然提升。

上了一年级以后，学校举行文艺汇演，我特别想去试试舞蹈的选拔。当时，我已经被一个古筝交织电子琴合奏的节目选上了，妈妈怕我太辛苦，不太愿意让我上台参加，几番恳请无用，我只好就此作罢。可没想到，由于报名的人数实在太少，艺校的老师便亲自来班级里挑选。问我有没有学过舞蹈的时候，我犹豫了半晌，但想到没准老师是在没展示基本功的情况下看中我的，顿时觉得自己的气质甚佳，想先瞒天过海，练几次再说，便告诉老师我学过。

在我暗地里的捣鼓下，这事还是走漏了风声，被妈妈知道了。鉴于我的诚意与狂热的想望，妈妈最终同意了。那是我学舞蹈的第一个转折点，后来我便来到了艺校老师那里学习。

在少年宫自鸣得意的我来到这里真的变成了无名小卒，为了快速接触更深的舞蹈，我直接跳到了三级班学习，在那里我是最小的。

看着其他学员颀长的身体与柔软的肢体动作，我再一次发现自己力量的微弱。她们从小就在舞蹈的环境下长大，也有很多同学是准备艺考的，对于我这个偏向"书呆子"

一类的同学，差距简直一目了然。我内心有些退缩了，要不降个级吧，从二级或一级开始，但妈妈仔细帮我算算，倘若真以舞为生，小学毕业也考不满十级，还会影响学习。没办法，在妈妈的怂恿下，我只好硬着头皮在三级班闯荡一片生涯，当年在少年宫领舞的我，在三级班里全然成为一个陪衬。于是，我只好告诉自己，你除了努力，一无所有。

学习舞蹈的时光游走，虽然领舞的日子或许再也不会有了，但我仍旧拼着万分的努力去给每一个动作赋予更深的情意。

三年级去了学校舞蹈队，在艺术节的前夕被无奈淘汰。

四年级卷土重来，演绎边界线上的故事，再次被万众瞩目，走上巅峰。

五年级不幸骨折，在家里静养了一个多月，归来已不再少年……

舞蹈七级以后，我转而向"韵动"活力进发，告别舞蹈。

六年级接触啦啦操，多彩的花球舞动着青春年少。

七年级学习竞技健美操，赤手空拳登临舞台，虽败犹荣。

八年级因为血小板减少送入医院，于是，这一年，再也无缘运动。

　　受了那么多的委屈，走了那么多的死胡同，在我看来，愿意付出更多的努力，愿意接受所有的结果，才是真的勇敢。

　　舞蹈给予我们的柔软与优雅，健美操带给我的青春与活力，两者虽交织着疼痛与磨砺，但既然选择了远方，便只顾风雨兼程⋯⋯

　　希望在日后，我还能蜕变而来！

　　即使找不到前行的方向，也别回头，即使找不到后退的道路，也别迷惘。

　　归去，也无风雨也无晴。

路

　　在最美的光阴里，我与你相遇，带着初识的悸动，会面于小山旁的梨园。你，点缀了梦的季节，开启了美的人生。

　　朗，即声音清晰，响亮；诵，即吟诵。我对朗诵的热爱，正是因为它能让我们更完美地表达作品思想，更深刻地体会作品内涵。喃喃自语，念的是千古绝句；碎碎残言，谈的是万代名篇。不经意地想起路边的那片法国梧桐叶，山脚荒芜的小庄园，还有陌生街巷的那截古墙。朗诵所承载的并不只是独有的记忆，还有前辈们艰难困苦的岁月，荏苒游去的时光。

　　相识，是那一场纷乱的宴会，层出不穷的节目不间断地涌入眼前，花哨的服饰搭配绚丽的灯光，把每一位表演者的身姿都镌刻在夜色中。我被舞台的光芒恍惚得有些昏昏欲睡，却又被一声声呐喊扯回现实。

　　那仿佛是压轴出场的那一个，讲述故事的是一位穿着洁白长裙的长发女孩。舞台只为她留下了一束柔和的白光，轻披在她的肩上，夜晚笼罩着一种静谧、一种安详的色彩。雨丝悄然落下，轻拨着我的发梢。女孩朗诵的是日后无数次感动我的那篇《瑶瑶的泪》。一棵不知名的小树为了能让心爱的盲童瑶瑶重见光明，不惜自己的生命留给了瑶瑶明亮的蓝天。文章很平淡，也很朴实，却被女孩表演得如此扣人心弦。小小的我第一次被语言艺术打动，内心随着故事波澜起伏。故事中的一点一滴，仿佛让我寻找到了多年梦寐以求的东西，也寻找到了日后梦想的方向。

从那时起，我就恋上了朗诵，有时候很难对一样陌生的东西付之以爱，但你倘若没有忘记，便已经是爱了。我开始跟随老师学习，开始频繁参加表演。在每一次为展示而准备的过程中，我都在向那个新颖的自己奔跑。

小升初的暑假里去参加了"中传花少"的选拔。广播艺术中心，一位身着红裙的少女在万众瞩目下讲述小萝卜头的故事。当她的心与作品的内心相接通的时候，她的灵魂就仿佛与那个战火纷飞的时代找到了对接口。那趟开往曾经的列车载着我的思绪腾飞，好似有种前所未有的恐惧在她眼前叠加，重复又分离。她仿佛有种将要沉睡的痛感——那是小萝卜头的疼，像是撒盐的伤口。

尽管省赛的结果有些不尽如人意，不能晋级全国决赛，但过程的艰辛与生活的充盈，何尝又不是一种收获。带点错失良机的遗憾，交织成长叹一口的无奈，我明白艺术的道路很长，长到分不清起点与这条道路的尽头，过去和未来我们都只能改变后者。

我们没有去努力的义务，但我们有努力的权利，竭尽所能方可无愧于心。这些都是很久很久之后才慢慢知道的，一切平凡又不简单的思想的拥有，或许都要归功于失败。

从稚嫩的童声到现在的成熟，一点一点都载着我最痴迷、最率真、最美好的情感。我跟着自己的声音长大，为朗诵动容，被作品鼓舞。当我掌握朗诵的方法时，或许早已把控住了作者的内心世界。我时常通过作品眺望作者的心境，那些我能懂的、不能懂的都努力着不让梦想随着时光如梭般穿行而滑落，随着岁月如轮般蹉跎而遗忘。

一直认为朗诵是一切语言艺术的起源，直到现在依旧相信着。朗诵不需要任何繁杂的陪衬旁托，也不需要丝毫情感的虚假揉捏，它是最真实最自然的呈现，是随性的交融。因此，有自己的声音充斥自己的时光，即使一意孤行也不觉孤单。

相对于表演艺术，朗诵在我眼中一直都是戏剧的基础。因为在演戏与朗诵的历练中，你便会去模仿身边的每一个人，去反复编导身旁的每一件事——从底层到高层，从打盹的老爷爷到牙牙学语的孩童，从胜利的尖叫到失意的哭泣，从相遇的欢喜到离别的忧伤。朗诵是同表演艺术相类似的，怎样完美地去演绎一个角色，去阐述角色身边的事，去开启一段新生活都是要靠我们自己去接触去体悟的。角色与我们，二者的生活或许大相径庭，但置身其中，所要做的便是在两个极端连接上这样一条沟通的线，让陌生的角色可以显露出熟悉的色彩。

有时候特别向往拍戏的生活，或许是因为不能接触所以梦寐以求，但看到那么多人在片场的艰难困苦，我看着眼前的所有，即使心往神驰，也始终不敢前进。孤独的双眼恍恍惚惚地，何时才能从黑暗走到天明？沉默着，夜色沉沉，肆意的阳光不愿寻找到这个藏匿在阴影里的我。

老师总和我说学习是一条通向成功的捷径，但层出不穷的各类压力逼着我们下意识停留，彳亍又后退。

第N次在跌倒滚爬中彷徨在这条道路上，我宁愿自己误入歧途原地踏步，也坚决不后退不放弃自己的信仰。失去的可以重新来过，走错的路从另一种角度也可以再次选择，或许等我明白这些道理已经垂垂老矣，但我也绝不后悔那些被我遗落的时光。想了那么多，有几人能借着东风将灵魂洗涤得如初生般清澈？对梦想的追求愈压抑愈渴望，心愈变愈坚强，梦愈变愈真实，终萦魂于繁花之中。无论花开花落都为之喜，为之泪。只要我们心中承载着这样一份温暖，原本蜕变的孤单与痛苦都可以化为前行的动力与方向。

不属于自己的路不要去走，即使走了也可以选择回头。

属于自己的路努力去闯荡，即便跌倒也要义无反顾。

每一条路都有它不得不这样选择的理由，也有不得不这样选择的方向。

心总是在路上，路也总是在心里。

所向

　　这是一个不知何时捡拾起的落叶，在那片夕阳下，在那朵彩云前，山脚的那片荒原，还有陌生街巷的那截古墙。

　　从幼儿园开始就一直喜欢写点东西。那时候还不识字，大多的作品都是由爸妈记录，对写作也完全没有一个较为清晰的概念，也并不知道这条路的坎坷与愉悦。最喜欢躺在顶楼的石桌上，看漂浮不定的云朵与川流不息的车海。这些寂寞的奇思怪想都筑造着想象力的工厂，推进是奶油，成品是蛋糕，是甜甜的滋味。花园里种了些植物，古人吟诵多次的桑葚、莲花、梅兰竹菊一类都有它们自己的空气，我们还养鸽子和鸡，还有丰子恺先生笔下的大白鹅，那么一点点大的小院子，就有了四季的活力。

　　小时候最喜欢桂花，四季桂、银桂一类，金桂因为可以做桂花酿，所以也挺喜欢。长大了些喜欢银杏到现在喜欢的茉莉、栀子都源自小花园。那些童年的记忆与自然的神秘都是我多年来积淀的一笔财富。

　　上了小学以后，学会了写字读书，写作之路就瞬间开拓起来。爸爸是经典的监督员，妈妈是新素材的搜刮者，每天六点半起床，我必须朗读十五分钟的《增广贤文》，或者《笠翁对韵》之类，还要看十五分钟的课外书，七点早餐。一天三餐，妈妈都讲个不停，给年幼的我剖析人情世故，我虽听不大懂，当年也不理解妈妈的作为。因为学校远，七点二十就要出发，在车上的时光虽是有那么几日勤劳地听英语，但也会忙里偷闲发发呆，看看路边的建筑。

　　当时的我，看着同伴们七点三十起床，悠哉悠哉的生活羡慕得不行，还常和爸妈大吵一架，但年幼无知，输得一塌糊涂。在车上放飞自我的途中，免不了被爸爸发现浪费时间，久而久之我便学会了一招，跟着音频里的声音哼哼几句，再时不时地蹦出几个单词，到后来还摸清了一些套路。譬如在路上看见一些学过的英文单词的事物便报出来，有时再组个长句，爸爸的英文极差，听着我乱七八糟在讲陌生语种便认定我十分认真，而我却有了更多的时间去思考一些从未想过的问题。

　　就是这种特殊的休闲方式，成了我当时独有的一番乐趣。从家到学校三公里多路，路上的每一个招牌、每一种植物我都认识，广告牌我也记得一清二楚。在路上，形形色色的人，各种各样的角色，大相径庭的生活都成了我难得的一种经历。在洞察街景的时候，从一年级到六年级，我渐渐成长，也有了不一样的认识，这些认识都被记载在

及笄

童年的短诗和散文里，有了自己独到的见解。

很多人都说，写作源于生活，对生活不同的认识与定义的方向都影响着一部作品的深刻度。生活也是写作的基本，生活中的人情世故、人生百态都是写作要借鉴的模板与所要选择的素材。写作于我，其实就是一种朴实而荡然的叙述，我用笔写下橙黄橘绿、春夏秋冬，反复读时就像凿壁偷光，历史透出光来，一点点怅然若失，一点儿余温在怀。

步入初中后，时间紧迫得像是被关在了一个狭小的空间里。早上在空无一人的小巷里转来转去，回家总已暮色沉沉，有时候恨不得把时间掰成两半来用。我不知道其他人怎样定义忙碌的日子，刚上了初中的生活杂乱得像没有标明街道与店铺的地图，两点一线式的加快脚步奔忙，绘出起点，却总没有终点。繁多的作业，如山的压力，放荡思绪成了一种奢侈，闲暇少到还没来得及体验就过完了。于是，我渐渐疲于筛选那些可控的时间，开始放走那些海绵中的水，已经开始走向成熟的思绪与行动都督促着我策马加鞭。

有时候利用很重要，有时候浪费也很重要。有些时候炙手可热的灵感总在不经意间诞生，作为典型的轻微强迫症患者，某些闪现的灵感若长久保持在脑海中便会心生烦闷，焦躁不安，久而久之，便转变为对叙事的敌意。可能批注一条随感，也可能绘几个没有人能看懂的符号。不论是夜半还是清晨，上课还是下课，想到的必须记录下来。

小时候我们总是胸怀大志，要做个成大器的人，长大后我们却总是踟蹰不前。写作这条羊肠小路上有着宽宏大道的风景与风情，你所有的坚持，终将换来更好的自己。

努力会说谎，但努力不会白费。Fighting good girl!

后记

其实，我一直想着给这个小版块改成另外一个名字——应该叫做"告白"。

在十五年的十五个三百六十五天里，外加上那些闰日，我一直期盼着能与一个叫"艺术"的文艺青年相遇，我会告诉她我的生命最好能永远与她相伴。于是在很多时候的大笑与流泪，沉醉与厌烦都兜兜转转变成了她所带来的情绪。听不懂的曲调，抽象派的涂鸦，爱过恨过喜过怒过乐过泣过的舞蹈与朗诵，以及写作那甜蜜的负担都平淡而意蕴深远地缀在了记忆里。

少年时代的心思永远那么简单，只是希望被一个匆匆经过甚至不曾抬头看过你一眼的过客遇见，继而成为在她眼里那个浪漫自由的赌徒，愿意用尽一生，去为艺术献身，不问结果。

十五岁的日子那么直白而淡定，

就这样逐梦而去吧，

不管理想多丰满现实多骨感，

敢爱也敢笑，

面对你的除了艺术的无尽之路，还有百花齐放的千姿人生。

冬日的

　　夜是漆黑的，冬夜是清冷的，如水的月
色泼洒下涟漪。远处，星光涌动，像春天的
芽苗，跃越着黑夜的沃土。它点缀了夜幕，
点亮了生活，点燃了思绪。
　　碎月满地，数不清的年少岁月。

岁月·狂想

十五岁离开，
是为了更好地归来啊！

等你下课

　　我想要出去走走，去看看外面的世界，不想拘泥于这个狭小的空间，也不想束缚在时间的这一侧。于是，我关上门，看向远方，没有人和我道别。

　　你们和我说的最后一句话，我们之间的最后一次聊天，我都记得，但或许你忘了。

可能

"你去哪里了？"

"去玩了。"

"喔……"

我走了，而你在整理散落一地的试卷。

笑妍

"这些荧光笔就送给你了。"

"不行，我不要欠你钱呢！"

"朋友啊，收下吧！"

"不了，我很有原则的。"

于是，你接受了我递出的十元五角。

海洋

"呀，每次都在这里遇见你！"

"嗯，是啊！"

"你伞上的火烈鸟很漂亮，可惜我不太喜欢红艳艳的颜色。"

"反正是伞嘛，没关系啊！"

你默默地把伞收了，进了电梯。

琼花

"天哪，今天是最后一节课了！"

"对啊，好快！"

"周四是不是有活动？"

"对啊，还是我负责。"

你留下来吃饭，我也想留下……

给予

"如果斯诺的国籍写外国有没有人会打我？"

"哈哈，没有吧，《聊斋志异》是中国最好的鬼故事也没毛病啊！"

"对呀对呀，你好聪明啊！"

你转了回去，我们又继续往下写，写不完的题目。

愉悦

"我要出去玩了，去香港。"

"真爽，什么时候回来？"

"很快会回来的，学习旷不了。"

"压力好大。"

我们分道扬镳，我往左，你往右。

作为

"老师说不要把后边的课程学完，那我们……"

"哈哈，那么还是有收获的啊，无所谓了。"

我说着把手插入兜中，兜中有乘公交车的硬币。

自然

"要下雨了。"

"是啊，这边天都黑成墨汁了。"

我下了公交，你也下了。

"再见。"

"拜拜。"

闪电划过我们之间，雷声掩盖沉闷。

世界

"我昨天坚持半天不拿手机。"

"真厉害！"

可是你现在依然在翻阅手机里的歌单。

"有人说霉霉和你女神很像。"

"是吗？好吧……"

我不认识那么多人，所以我要去认识世界。

小草

你的话总不是很多，

笑起来的模样也极浅极淡，

消失在日幕后的群峦。

你半个学期就高过了我，

如履平地。

丁香

"怎么是你收作文？"

"不行吗？"

"好吧，行，语文老师太坏了，本来还不想交的。"

苦笑……这，是在说我严厉吗？还是残忍？

心情

"我这星期就要去。"

"去哪？"

"去爸妈新工作的地方。"

"还会来吗？"

"或许吧。"

你拎着个礼品袋，被如沙的人群推向前面。

仙女

"你怎么在这？"

"为什么我不能在这？"

你诧异地看了我一眼，走向教室尽头，开始写你的卷子，一直无言。

含糊

"我昨天十二点才睡。"

"为啥？"

"看书啊，《白夜行》特别有意思。"

"书呆子。"

而我翻开《简·爱》。

卓越

"天哪，考这么差。"

你看到了你的成绩，段前十。

"哎。"

我叹了口气，考得比你差却比你开心。

思维就这么不同吗？

在不知不觉间，我与你们都道了别，离开的滋味的确苦涩又难受，但我还是坚定着我的选择。

十五岁离开，是为了更好地归来啊！

童年

从玩具的角度定义童年，童年莫过于七彩的游戏世界。而后，来到能回忆起的众多玩具里，我独爱一只卡其色的兔子，我唤它为"小雪糕"，因而，能想起的99件小事，都有你的身影：

1.你来到的那天，阳光明媚地惹人眼，电瓶车疾驰而过，给我递上包裹，你被这样包装在狭小的空间里，任凭阳光照射，你一定很难熬吧！

2.你为我平添了多少欢喜，你送我一小张贴纸、一个小镜子和一张明信片，还有一个白色的睡袋做见面礼。而我要给你我所有的爱。

3.你的毛柔软得像是白云一样，短短的有些杂乱无章，我用自己梳头的小木梳为你轻轻地整理。你依靠在我的臂弯，两只长长的耳朵从头顶垂下，落在地上。你的眼睛那么明亮，像天上的星星，鼻子粉嫩得可爱，脸上泛起的红晕，像是在酣睡。

4.你有个大大的啤酒肚，宰相的肚子，年轻的宝宝是不能喝酒的，你还不到十八岁呢。

5.看到学校里的小兔子想起你。

6.看到胡萝卜和青菜想起你。

7.听到儿歌想起你。

8.为你画个人的肖像画，给你写一年一首的情诗。

9.过儿童节想起你。

10.看《超能陆战队》想起你。

11.去欧洲的时候带着你，带你去菜市场买菜，带你去对岸赏花。你就那么乖地坐在弟弟的小推车里，或是躺在我的怀抱中。

12.带你去迪士尼，去鬼屋探险，一路上我吓得睁不开眼，而你依旧淡定地东张西望。佩服你的勇气。

13.看电视的时候抱着你，一起喝冰镇过的酸奶，吃小甜点，你都把好吃的让给我，自己专注地看着节目，你最爱看的节目便是我最爱看的。

14.喜欢揪你的小短尾巴，把你倒悬在空中。看你惊慌失措而又无可奈何的表情总让我忍俊不禁。

15.你总是坐不住，独自立着，总喜欢向后倒去，我知道你特别特别需要一个依靠，譬如我，对吗？

16.每当我和你讨论如何做决定时，你总是一言不发。你是不想让我人云亦云还是想让我独立思考？

17.搬家的时候带着你，你被放在我身边。不舍得将你硬挤进行李箱，因为只有我的心里满满都是你。

18.一路上的天气那么炎热，没有空调与凉风的街道上我抱着你，汗水淋湿发梢时我用你来擦汗，用你柔顺的毛发来吸附粉尘。尽管我知道你一定讨厌那么脏兮兮，但你一声也不吭。

19.热的时候你担心我中暑，冷的时候你担心我发烧，不冷不热也会担心我感冒。

20.把你的耳朵卷起来绕在脑袋上，用皮筋扎住，我那么爱玩，爱玩弄你，你也不生气。这个时候，你真像个小哪吒，只差一件红色的小肚兜。

21.你的生日是你来的那一天，是八月二十二日。

22.冬天的时候开浴霸和暖风机给你洗澡，你全身湿透，我也全身湿透，你冷得打哆嗦，我热得直冒烟。

23.把你的耳朵夹在晾衣绳上，你喜欢这样悬挂着荡秋千。带水的你那么重，绳子都被你深深地吊弯。

24.喜欢带你一起烤火，一起吹空调，但你更喜欢在冬日的中午、夏日的傍晚与阳光邂逅。

25.我过生日的时候，你跟我一起过，虽然提早了那么多天，但你生日我还是会给你送礼物。

26.送给你的小毛巾和小梳子你都在用，折的99朵玫瑰和520颗星星却丢失不见。我知道不是你不喜欢，而是你不需要。真正需要的东西是用心换来的。

27.《茉等花开》里有你的姊妹，我看和你相差无几，于是更加喜欢你。

28.去医院看病没有带上你，我瘦了十斤，你瘦了吗？

29.住院的时候一直想你，看电视没有你就不再有糕点、饮品，写作业没有你就没有专注力，睡觉没了你自然难以入眠。

30.那些时候，我才真正知道，分别的苦涩与思念的甜蜜。

31.从医院回来连家也感到陌生了，曾经搭过的积木散落一地，你呆坐在窗前寸步不离，你是在等我回来吗？这段痛苦的日子你又想起了谁？想起的还是我吗？

32.你不知道我有多想你，你也不知道我有多喜欢你。

33.想回到过去。

34.我住到姐姐家，把你也带了过去，你和恐龙先生还有泰迪熊在一起特别开心，我和姐姐一起也一样。

35.吃完饭把你带到文具礼品店，给你挑适合你的小背包，买来最漂亮的贴纸和胶带，我想让你选，但是你在睡觉。你是太疲倦了，我们只能匆匆返回。

36.把你的小贴纸撕了一张，粘在寄给远方的信上，装进许愿瓶，星星眨巴着小眼睛，一闪又一闪，未来的你不会长大，未来的我……

37.未来的我依旧想要拥抱你。

38.把你放在二十九楼的窗外，下面的人小若沙粒，只是吓唬你，舍不得松手。

39.翻阅《答案之书》寻问我们能不能永远分离，答案说：不要犹豫了，那意思是不是可以？

40.写作业的时候把你放在膝间，你静静地看着笔在纸页上画出一幅又一幅画。我拿着你圆滚滚的手，写下你的名字，你把这张纸放在了枕头下面。你说，枕头下边会带来好运的。

41.把你抱到石桌上仰看云卷云舒，风吹过的时候，云跑得那么快。

42.你的眼睛乌溜溜贼转，明亮得可以让我看见自己的面颊。

43.生你的气把你锁在衣柜里，晚上要洗澡的时候还是把你抱到床上。即使有柔软的衣物铺垫，黑暗的感觉一定不好。于是我也去衣柜里坐了一天。你要陪着我，再苦的地方也有温暖。

44.一次不留神坐在你的肚子上，心疼地哭了半个小时，你的小肚子就因此瘪了进去，你要多吃点。

45.妈妈种植物的时候，我抱着你看。

46.舅舅钓鱼的时候，你坐在我腿上。

47.外婆外公吵架的时候，我紧紧地抓着你的手。

48.有你就有了安全感，一人迷路在国际机场也会靠自

及笄

己走出来。

49.给你定制小枕头、小被子，给你背诵经典唐诗宋词，给你穿上我小时候的衣服，你的大肚子显得那么可爱。

50.弟弟很喜欢你，看见你便寸步不离。

51.晚上，他会悄悄把你抱走，留下我用那么多的夜晚，换看你一眼的机会。你说我有多吃亏！

52.我怕再也见不到你，为此还朝弟弟发了脾气，但他就是不把你还给我，任凭我的思念如泉水。

53.想到你离我那么近，又那么远，那么远又那么近，相处了那么久，我们彼此都有感情了，我们都忘不掉了。这一刻，你在想我吗？还是……和弟弟睡得很香？

54.弟弟是男孩子，那么调皮，总拉着你的一只耳朵转圈圈，还把你一次又一次抛到空中再重重地砸在地上。你一定很疼，你不用强颜欢笑，凌乱的毛发早已说明一切。这时候，你是不是想我了？却又因为弟弟的任性无可奈何？记住，我还在想你。

55.我不忍心看任何一个人虐待你，哪怕只是轻轻踢上一脚。

56.快要到你生日的时候，为你送上祝福，为你戴上生日帽，即使没有蛋糕和蜡烛，我们在一起都很开心。

57.我们一起吹灭蜡烛，风也帮我们一起，你双手合十许下愿望，希望我们的友谊地久天长，生日歌响起的时候，你又大了一岁。

58.今年你多少岁了？

59.我只知道我的童年里都有你。

60.给你戴上我的泳镜，你就像《小王子》里的飞行员。

61.给你拍很多张照片，但每一张里都没有我。

62.为了给你最好的姿势，我一直抬着很沉的单反相机。

63.喜欢给你读古文，尽管你听得一脸懵；喜欢给你讲题目，尽管你坐在那怂。

64.你听懂的听不懂的我都讲，好的坏的都和你说。

65.想带你去游泳，但又怕你着凉感冒。

66.想带你睡东北的炕，但又怕你汗流浃背。

67.你最喜欢缩在墙角。那儿在地震时最安全，在你心中也是，没有人会去打扰一个受伤而落寞的背影。

68.每天一遍又一遍为你梳理毛发，清洗面容，扫去你身上所有的灰尘。我想让自己出现在你每一天的记忆里。

69.知道你原名叫邦尼，但仍不愿改名。

70.你像雪糕一样，即使融化成了奶油，也是甜甜的。

71.愿我们都能卸下虚伪的外表，做正版的自己，而不是盗版的别人。（摘自雪糕群）

及异

72.给你编了一首又一首的歌，你都不唱，所以我总是忘记调子与歌词，继而又不断创作。请原谅我的不屈。

73.觉得你和《咱们裸熊》里的北极熊神似，都那么温柔而好奇全世界。

74.把你放在阳台上时你懒洋洋，而又慌忙忙。

75.你和别人待在一起，我总那么担心，不是担心你吃不饱穿不暖睡不好，而是担心你会想我，我是不是很自恋？

76.去厦门的时候带着你，你和小麦妹妹玩得很开心，我第一次知道你可以给那么多人带来快乐。那些晚上，即使不是我陪你，我也很放心。来自小朋友的温暖是不是使你回想起我小的时候了？

77.在广东吃双皮奶，想到了你，你如果是一样食物，你一定很甜。

78.看到三叶草想起你。

79.看到玉兰花想起你。

80.看到玫瑰刺想起你

81.看到蒲公英想起你。

82.我去上学前，都和你说句再见，你从不回答我，却总是目送我离开。学习的时候我忘了想你，你会忘了想我吗？

83.我放学后，放下书包便来找你，拥抱你就像拥抱了明天。

84.想给你拍个人写真，你不配合我，头常常向后仰去，你那么可爱，不留些印记给世界，除了我谁能证明你来过？

85.不小心把仙人掌的刺扎在你的手里，花了三天才全部拔出，不敢给你擦酒精也不敢给你贴创可贴。一点一点把刺挤出的时候，你是不是强忍着眼泪，不想轻易流出？

86.给你制作了你的个人小书本，每一页都画着你的各种穿搭图画，这样全能的我，你是不是超喜欢？

87.夏天给你喷上花露水，抱着你连蚊子也不敢来，尽管我是O型血。

88.给你英文名，本想直译为"ice-cream"，但后来还是决定叫你"Icy"，圣诞礼物你会喜欢吗？

89.每天让你跟着我的作息时间，六点起床，十点半睡觉，你要多休息，免得太劳累。

90.有时候感觉你像生命中的灯塔，给了我一点一点长大的信心与不断向前的动力，让漂泊不定的一叶孤舟终有个歇脚的驿站。

91.我说的你什么都听，不管你相不相信我，你都那么听话。所有的生活经历我都愿意与你分享，你是个很棒的倾听者。

92.喜欢抱着你睡觉，这样就有依靠。

93.喜欢把便利贴放在你身上，虽然容易掉，但只要在你旁边，我都会一眼就看得到。

94.如果哪天你离开了我，或者我们分开了，我们彼此会不会痛哭三天三夜也不停息？这算是悲伤逆流成河吧……

95.但我觉得，我们永远不会再见，心中有对方，失去的是会回来的，这或许就是所谓天命！

96.特别感谢那年我能认识你，一直到现在都很激动。相逢都是基于上辈子的千百次回眸，那我们的前生一定相遇过。

97.相爱的时候别停留，离开的时候别挽留。

98.都说相遇太短，分别太简单，我们能在一起这么久，能彼此充盈彼此的生活也那么不容易，一遍遍用你填补我的记忆空白。我相信每一段经历都有存在的价值，真的，不管是人是物都一样。

99.我还想拥有你！

这么多条小事，普通到不能再普通，你们或许不想听我这样絮絮叨叨，但这只小兔，是我喜欢过的唯一一个玩具。

想你。

如果爱

天很蓝，油菜花在如洗的天空下开得灿烂。霁日，空气清新地通透着自由的气息。远处的布谷召唤着春意，一路寻找可以筑巢的小木枝。阳光柔和地洒在它身上，像是播放着爱的华尔兹。

一条小路穿过这片田野，蜿蜒铺向了田野与蓝天交际的地方。慢慢长大后，渐渐发现似乎只有自然才能劳慰心情，一切又一切地压力——不管是在生活还是学习都吞噬着爱自己与爱世界的信心和热情。我说，去小路上走走吧！

星星点点的三叶草花缀在田间，心形的叶片仿佛有些萎蔫，但在春日暖阳下，平添了几分生气。它告诉我，有人来过，心形的叶片尤为清晰。

我漫无目的地向前走着，田鼠抱着去年的草根匆匆从我脚边溜过，它跑得好快，灵动的双眼眨巴着像启明星，好似在追赶着什么。

北去的大雁掠过我的头顶，如一阵风拂过，"喳喳"的声音又急促又欢脱，人字形传递着坚毅与信赖的力量。

我不由加快了脚步。

一个神秘的黑点逐渐清晰起来，是个人吗？是谁无畏时间在小路山蹉跎？

我又跑了起来。

那是一位身披灰衣、衣着褴褛的老人，白发中添了些许青丝。他走得慢极了，以至于我与他的距离慢慢靠近，越来越近。

莫名有一种强大的磁场包裹住了我，空间仿佛变得狭小而压抑，而我却有一种继续上前的冲动。

这一路的三叶草多得像繁星，而前路却略显荒芜。田鼠再次横穿过小路，大雁放慢了飞行的速度。

我与他越来越近。

他脚上的草鞋已经被磨得残损，衣角打着补丁，如此温柔的阳光也难以抚平他颈上的皱纹。

小路很窄，两个人并肩显得略微拥挤，而他的速度却越来越慢。

终于，他挡在了我面前，缓缓挪移着脚步。

我跟着他慢了下来。

再慢了下来。

我急切地有些不耐烦，忍不住拍了拍他的肩膀。

他转过身，嘴角扬起了一种令人寒噤的微笑，苍老的无力掩盖了眼神的迷惘。

我问他："你是谁？"

他叹了口气："人生过客来无数，休说故里在何方！姑娘，我是爱。"

东晋是一场特殊的较量

——我读陶渊明有感

东晋是一场特殊的较量，较量在入仕与出仕中。

东晋文人崇尚隐而不仕，他们未曾如茶清香纯美，却曾富有茶味氤氲香气。而那个诗人如曲线一般，在清俗之间进进出出，无论多少的高官厚禄，还是看似奢侈的官宦生活，他都不为其所惑。他给我唯一的印象，便是飘然于尘埃中，背影落寞。夕阳西下，他提壶美酒，青布衣衫，萦手菊香。他仰望，他感叹，他怅然，散落满地的，是清闲，是孤寂。

陶渊明，字元亮，自号五柳先生，他曾祖父或为东晋名将陶侃，外祖父是东晋时期名士官员孟嘉，长辈的影响对他极深，他自幼修习儒家经典，博通经史，爱闲静，念善事，抱孤念，又有猛志。二十为游宦，二十九任江州祭酒，四十最后一次出仕，后解印辞官，正式归隐，元嘉四年卒于浔阳。

陶渊明的诗涉及田园山水、咏物咏史、闲适生活及宣言纪传体等。其田园诗最为有名，在官场内的进进出出更使得他具有看透尘埃的能力，豁达、清闲的心态，备受赞赏。他以他的闲情雅致，如一抹水彩，在东晋诗林中抹上一朵新绿，那清新，那耀眼，在东晋时期冉冉升起，像枝头初醒的芬芳，搭建出令后人魂牵梦萦的一片天地。

孟浩然在《仲夏归汉南园寄京邑耆旧》中这样写他："尝读高士传，最嘉陶征君，日耽田园趣，自谓羲皇人。"

他最爱诗。

吟诗的人都是在腹中埋藏灵气的。无须笔墨纸砚，情到深处诗最美，田园里信手拈来。他把归隐的决心掐入骨中，把寂寞揉进血里，把游宦生活的罪恶随汗液一同蒸发，留下咸咸的盐粒，足以灼伤自己，且尤刻骨铭心。诗早已纳入他的灵魂，如身体中流淌着祖辈的血液一般。

不论是即刻繁华还是逐渐枯萎，诗的行囊一直被陶渊明所背负。他不嫌弃沉重，诗也不排斥其所欲遇。二者如友，相依相随。

持一颗清定如风的心，爱着他和他的每一首小诗。爱一个人，便是这样，无须缘由，不问因果，同行云流水一般轻轻而过，我爱着，因为我明白自己的心意，我读着，因为我无数次向往那飘然如尘的境界。梦毕竟会醒，我的生活却从未像他那样有过一次。就像海伦·凯勒期待一片光明一样，我期盼着能有他那样的悠然。

及笄

或许他曾明白,有太多的人茕茕孑立,匍匐于游宦生活,低头含胸,行走在阶级的阴影中平乏地度过余生。他深知朝廷的纷乱与他乃是水火不相容。他厌恶一切官僚名利,他排斥一切污浊勾当。他曾斗迹官场,却纵身离去。离去黑暗的敞旷大道,轻声浅笑众人的愚昧,浅笑万世的腹黑。

他曾在风华正茂之时抱着"大济于苍生"之志,满腔抱负,却无处可施。动乱年月,他无数次憧憬未来,憧憬自己的幸福。这一切却随着污浊黑暗的社会,"变本加厉",渐渐消失。消失的还有他的满腔热血。

义熙元年三月,他曾写下"园田日梦想,安得久离析"。在仕与耕之间,他徘徊已有十年余,早已看透并厌倦了宦官生活。

八月,已过不惑之年的他经友所劝,再次出任彭泽令。那是他此生最后一次出仕,不过八十多天,不为五斗米折腰,他弃职而去。他拥有比官场更为愉悦的心境。那就是快活!

他爱饮酒。

他爱一壶一壶开怀畅饮,不醉不停。他因喜酒一连写了五首诗,自然名曰"饮酒"。

他亦爱采菊。

采菊东篱下，悠然见南山。他提酒吟诗，看破阴沉。残阳如血，他掬一捧菊香，泻于世人心间。这一刻，他流芳千古，永垂不朽！

在浩瀚如烟的辞海中，这句已是归隐的独绝存在，炎凉相望，如水的心境，缠绵的心烦。

喝酒与采菊正是相辅相成的。田园的生活，拥有比官场更难有的静谧。

秋菊有佳色，裛露掇其英。

泛此忘忧物，远我遗世情。

一觞虽独尽，杯尽壶自倾。

日入群动息，归鸟趋林鸣。

啸傲东轩下，聊复得此生。

我最爱的小诗，不是芳名远扬的"结庐在人境"，而是这首。因为我默默地读到了他身后一道一道的伤口，深沉的叹息何去何从。

他的笔触如水，轻轻地抚过内心深处的伤口，轻描淡写地沾上清幽典雅，沁人心脾的是菊香。

秋菊佳色，傲霜之气，他不觉沾满杯酒，独自饮起。曹操在《短歌行》中写道"何以解忧，唯有杜康"。或许酒真是可以安慰灵魂的东西，那片无处着落的凄凉落寞终于在酒里找到了归宿。

他曾拥有的豪情壮志，灰飞烟灭。

他不像竹林七贤纵酒昏酣。他，独醉。

一觞虽独尽，杯尽壶自倾。

这般男子，亦是烟花般寂寞。

寒秋，落叶纷飞，竹篱菊花摇曳，人情世故，官场名利洗涤，他已有了沧桑的模样。

铺天盖地的往事，怀才不遇的心烦，格格不入的悲怆。

起落间，举杯消愁愁更愁。唯有内心宁静致远，杯酒是否曾洗去过孤寂？

日入群动息，归鸟趋林鸣。

飞鸟归林。

日落，翼翼归鸟犹知还巢，始飞终归。羁鸟恋旧林，池鱼思故渊，出仕末归隐，人生何不然？空旷寂静，鸟鸣尤为清晰，不婉转，却足以拨动心弦。

啸傲东轩下，聊复得此生。

尽情欢歌东窗下，姑且逍遥度此生。记忆的罅隙，他沉默了，久久不语。田园对菊饮酒，啸歌采菊，如此看来已是人生至乐。

小轩窗旁，菊再摇，独留一厢静好。

官场的无可奈何，一针一线，被绣上了心头。世间的沧桑，散尽了一切变故。

渐渐懂得，一个人，从人生的开场走向落幕是那么的不易。那只是陶渊明一个人的愁绪，寂寞无处躲藏，雅致漫过山岗。壮志难酬，未曾悠然。

幽兰生前庭，含薰待清风。

空谷的幽兰，生长在杂草坦荡的庭院。清风不来，它未曾存在。

陶渊明就这样在出仕入仕间进进出出，但出仕之后的仕途漫漫无期，险恶不尽，令他生厌。人生就如一场盛宴，并非全然美好，终会茶凉酒翻，曲终人散。残羹冷炙，虽是简单败落，但曾经也是佳肴。陶渊明明白了一切，看透了一切，选择了孤寂，选择了隐士。

就像《怒放的生命》里唱的：

曾经多少次跌倒在路上／曾经多少次折断过翅膀／如今我已不再感到彷徨／我想超越这平凡的生活／我想要怒放的生命／就像飞翔在辽阔天空／就像穿行在无边的旷野／拥有挣脱一切的力量。

东晋是一场特殊的较量。

光影·过客

　　我曾读过这样一个故事：在荒郊野外，有一个富饶的城镇。城镇里四季分明，瓜果丰登，可惜梅雨季节绵长，成为人民的苦恼。一日，天使落入凡间，她答应给人们一个实现愿望的机会。出于对雨的仇恨，众多的居民毫不犹豫地选择有一个不灭的太阳，能让植物得到更充足的阳光，茁壮成长。似乎只有如此，他们便再也不会为缠绵的雨而担忧。天使摇了摇头，但也同意了。

　　故事的结局可想而知，炙热的阳光榨干了植物的最后一滴汁液，花蔫叶枯枝萎，曾经的殷切期望转而成为悔恨，最终成了哀祷。

　　就是这个故事，让我的思绪如芦花一般轻扫过记忆的荷塘。人们当年那么期盼太阳，最终却渴求来自上天的甘霖。如《妖猫传》所说："有时候，与其聪明过度，不如老老实实前往比较好。"就如故事中的人自以为聪明，其实是只考虑眼前，考虑当下，却从未抵达过远方。

很久以前的一段日子里，我曾喜欢上夕阳，那是一种文森特式的浪漫，静谧小径，无名的白玫瑰缀满窗格。青叶素花，柔光万丈，有余晖的温暖，像是凿壁偷光，记忆与历史交错相通，一点一点在繁乱的竹林后透出爱的光来。或许拥有大海，火烧云大片大片铺满了半边天空，像是被时光断去的残照，或是岁月偷去的剪影。我独爱夕阳的那一份空灵沉暮，日落霞升，而后连晚霞也离去了，湛蓝如洗，坠入黄昏的怀中。

那是一天的忙碌和艰辛，回归夜晚的甜蜜，五点半独有的风光。我曾希望时间永远定格在万丈余晖那一秒，可惜镜头对准落日，快门未落，风遮蔽了所有的绚丽。在看完第三百六十五次日落后，我忽而想到，倘若日光永远是夕阳那副模样，我是否早已厌倦了残阳如血、人小如沙的感动。

如此，或许每天清晨，乃至每时每刻，我都可以沉溺于海滨风光。或许如此，我不再拥有对夕阳的期待，或许我会留下腻烦，厌恶着亘古不变的风光。怀想，那时的我是否回想起，曾经有个女孩这般热爱夕阳。

王安石曾写了一个流转千古的故事《伤仲永》。文章讲述了一个金溪神童方仲永，因后天父亲不让他学习，却被拿来做造钱工具，而沦落为凡人。天圣三年，方仲永曾泣讨笔墨，无师自通，提笔写诗，王介甫曾与十多年后的康定元年探亲，此时的方仲永早已做回了农民。很难说，方仲永的才情埋没，是应怪罪于自己，还是指责于父亲，但无论是诘难于谁，都应该明白成功是要靠努力与奋斗的。歌德曾说："要迎着晨光实干，不要面对晚霞幻想。"假若方仲永在才情崭露锋芒时，即刻开始拼搏努力，而非自鸣得意，康定元年的他早已是北宋的一介文豪。

维特根斯坦曾这样写道："躺在成就上就像行进时躺在雪地里一样危险。"当白云躺在太阳的光芒上时，太阳穿一件朴素的光衣，白云却披着灿烂的裙裾。太阳望着白云飘飘欲仙的婀娜多姿，白云笑着太阳一无是处的老态龙钟。可黑夜终会来临，黑帷拉起，太阳带着它的彩衣走了，白云苦笑着，却挽回不了昔日的光彩。大片大片的黑色阴影，寒气透骨，白云，不，是乌云，还好吗？

获得2015年诺贝尔医学家的屠呦呦，曾在年初这样讲："得奖、出名都是过去的事，我们要好好'干活'。"获诺贝尔奖后的她，并没有停下喘息，而是马不停蹄，略显焦急地继续为医学事业奋斗着，寻找青蒿素的各种秘密。

其实，再大的成功也终会过去，那只不过是你漫漫无涯记忆中的一个雨点。它晕开了山川锦绣、水墨丹青，让你浅笑回眸时，有一个梦的光点。

法国作家拉罗什福科曾说："不灭的太阳亦不能使人们久视。"岁月漫长白云苍狗，我们背负着责任踏上了征程，我们不再拥有逃避的机会。责任纷至，或许也就意味着成就踏来，我们将要如庄子一般"宁生而曳尾涂中"，直面人生无数坎坷。我终于会心而笑。

　　我不是成就的归人，是一往直前的过客。

驻留

我们总是在向前的时候，忘记驻留的意义。

很快，时间辗转，从一睁一闭中悄然逝去。升学的压力、青春的叛逆、还有父母的唠叨、像包裹一样紧紧束缚住了我，仿佛动弹不得又好似无处潜逃。

我迷茫，迷茫也许是源于对未知的渴望，每天两点一线式的繁琐生活从未有过一丝改变。日子对我们扼杀得越紧，我们就越不想继续向前。烦闷的时光无处寄托，更没有一种心之所向的方式脱离"苦海"。是啊，我们得到了什么？除了丢弃大把大把的光阴，死砸在一道永远都不可能被你做出的数学题上，消耗在如山的单词与古诗文中，我们除了忙碌，没有别的选择。

我正好在这个年纪遇见了小王子，也航行到了他的B612星球。在那里曾有一朵惹人怜惜的玫瑰喜欢了他很久。可是，一个关于老虎爪子的争论，他们彻底决裂，小王子开始了他的个人旅程，玫瑰也再也不会和他相见。

他走了那么多个星球，也来到了地球认识了被驯服的狐狸。在这之前，他只知道向前可以忘掉一切，却从未想过要停下哪怕是那么一分一秒。但直到明白真正的东西要用心灵才看得清楚的时候，他才忽然停住寻游宇宙的脚步——因为停留，让他想起了他的玫瑰，因为放下，让他怀念起与玫瑰的过往，而这个世界上除了那个一直等他的玫瑰，也只剩下虚荣的木讷的拘泥于规则且永远都不会在意他的大人世界。从前的从前，小王子只会将那朵玫瑰怀恨在心，因为他仅仅记住了玫瑰身上的尖刺。可他的停留，让他看见了自己曾经拥有的美好，也让他明白了自己所要前行的方向。你看，停留真的改变了他许多许多……

其实我们每个人之所以匆匆向前，忘乎所以，正是因为我们没有意识到停下的意义。再多的负重，休憩之后也会变得更为轻松，再多的山穷水尽，重整旗鼓后也会变得柳暗花明。因为当你停下的时候总会有一段随忙碌悄然逝去的记忆轻叩心扉，谱出一曲新的歌谣，重温似曾相识的美好。

席慕蓉曾说过这样一句话："不是所有的人都能知道时光的含义，不是所有人都懂得珍惜，这世间并没有分离与衰老的命运，只有肯爱与不肯爱的心。"希望在秒针追上分针的那一刻，我们都能慢下来，放下手中的一切，给自己一个理由，让未来成为一杯酝酿多年的烈酒。

及笄

懒惰，不是一个贬义词

春天是我最反感的季节，我并不是讨厌万物复苏的千姿百态、绿意生机，也不是排斥明媚阳光、乍暖还寒的反复重辙。因为我很懒，在春天迷人的暖意之下难有清醒的时刻。"春困"自然成了我学习过程中一个举世难题，也是导致不用功不认真的罪魁祸首。

当阳光笑容可掬地爬上我的玻璃窗，甜蜜地播撒下蜂蜜的浓郁滋味时，如果我已经在洗手间里悠闲地漱口刷牙了，那么，这肯定是盗版的我。按常理来说，此时的我肯定是如同一只小猫一样蜷缩在床——我那温暖的港湾之中。或许是因学业而被连拖带拽地熬了夜，床于我有一种魔性的吸引力。

我的床正对着南边的窗户，书桌也是。故此，每天我看到的是太阳日出千里的步伐。伏于案前，书桌虽没有大床般的舒适，却带来一种自在逍遥之感。特别是当书挤满书桌的每一寸空隙，而你正倚于上方，凌驾在作业烦琐的杂务之前，你所感到的，全然不是奋笔疾书的压迫紧张。

或许是惬意，是醉意，是暖意。

窗前的栀子花缠绕阳光的嫩芽，隐隐约约闪动着的是天真无畏的芳华。举起手，任阳光肆意飞洒，像舞动着的流年，暂不停留的童话。

我最爱这无所事事的悠闲自在，并不是人生少了目标与方向。恰巧，我渴望的一方净土，便是拥有如此令人哑然的褪色时光。

扫动落叶的风吹不起蝴蝶，因为生命的力量并不在于顺从。时间在指间疾走，枯叶被大树的生命力量牵动。马路上依旧是过往的喧嚣，日出日落的休憩让多少人在尘世忙碌，茕茕孑立的人悻悻离开。

多少人拥有如此曼妙的午后，多少人千百次赏过缕缕阳光冲进牛奶咖啡的浪漫。金色的彳亍小道是天涯海角的距离，它曾为颓废的白云镶上耀眼的金光。

人生这条路好长好长，长到有"大漠孤烟直，长河落日圆"的无奈荒凉；人生这条路好苦好苦，苦到有"惶恐滩头说惶恐，零丁洋里叹零丁"的悲痛绝望；人生这条路好暗好暗，暗到有"白发渔樵江渚上，惯看秋月春风"的愁苦迷茫。但是，当你停下急匆匆前行的脚步，方才知晓美好已然故去，早在灰飞烟灭之中。瞬息万变的百态只叫人感慨风景太少前行太快。"蓦然回首，那人却在，灯火阑珊处"，当你停下脚步，才会发现一路一路你所错过的

及笄

温暖，足以让你感到悲凉。

我愿做一位懒人，不在时光荏苒中蹉跎而过，却在匆匆凡尘世间独处一份安闲。停下回首，重拾即刻，仿佛云破日出里的第一束光，让悲痛愤慨无处藏身，低到尘埃的心事，倏忽开出花来。

也许懒惰不是一个贬义词，因为风曾吹过窗外的花树，云曾唱过蓝天的歌谣，如此的岁月，静美，甚好……

馄饨竹筒声

一个小小的城镇，有一条寂静的长街。

长街连着一条流淌的小河，末处是一眼望不到头的麦田，阵阵碧浪展新浦，在风里舞动，一阵喜悦，自心底涌来。长街两旁，是一连十多间低矮的平房，两层楼，三间为一幢，有秩序地排列着。我的老家便是在那条街的这头，旁边就是塘里河。

小时候，我习惯晚睡，每天都与邻里的伙伴打来闹去，一直到十点多，才恋恋不舍地爬上床。那时的夏天是没有空调的，一把蒲扇足以摇过整片炎热。徐徐清风，吹来了丝丝凉快。我的晚睡是在等待一个声音，等待声音不如说是等待一个老人。每晚十点左右，卖馄饨的老人敲击竹筒发出"咚，咚"声，那声音穿透时光和黑夜，震进了我的心里。

其实老人只是在一个普通到随处可见的"宝马牌"三轮车上，简单地搭了一个小台灶，台上放着一叠塑料小碗，横架上摆着青菜篓子与一些剁好的肉末、葱花，最右边的瓷盘里还放着已经包好的馄饨。馄饨像芍药花一般，在瓷盘里一圈一圈往外绕着放。透过白色的皮，还依稀可见里面充满红红的肉碎。右下角的木架上，挂着一个大水壶，里面装着滚烫的热水。卖馄饨的是一个饱经岁月风霜的佝偻老人，穿着一件白色的背心，外面披着一件薄薄的衬衫，推着那辆改造过的脚踏车，在长街上一步一步地穿行。推车上挂着一盏昏暗的灯，随着长街的坑坑洼洼，摇晃着，照亮了前面的路，又晃出了后面的道。

那时天空中时常落着小雨，纷纷扬扬飘下来。一阵清越的竹筒声，响进了长街。我猛地从床上跳起来，从一个旧铁盒中抓起一把硬币，飞快地冲下楼去。邻家的几个小孩已排着长长的队伍，挤在车子前。老人娴熟地拿起水壶，打开盖子，把开水倒在锅里，从瓷盘中推下十来个馄饨，让它们落进滚烫的锅中。不一会儿，一碗碗热气腾腾的馄饨就摆在我们面前。老人笑盈盈地收走了我们递上的钱，敲了两下竹筒。“听到竹筒声，就知道爷爷来了啊。”说罢，拍拍我们的脑袋，跨上座椅，吃力地往前骑着。我们几个排排坐着，望着老人的灯一点一点向前挪动着，渐渐照亮了塘里河和停在河面上的乌篷船。夜半，蛙鸣，从渺远的田间一点一点传来。若是晴天，还伴着蝈蝈有一段没一段地吟唱，和着悠悠的竹筒声，一声一声叩响了心间的琴弦。我们手捧一碗，望着星星，数着岁月，昏暗路灯下依稀飘着氤氲香气。

　　并不是所有简陋都只是败落，平凡、质朴都可以让人从心间燃起温暖的理由。这平淡无奇被遗落在乡间的馄饨，和那悠扬的竹筒声，让人心底埋藏着温情，留给我们的是纪念，留给老人自己的是信念。敲出的竹筒声中，暗带着幸福的味道，岁月悠悠，波光明灭。

　　每个夜晚一串风轻云淡的回音，萦绕小镇，贯彻长街。倘若你是远远的由另一处听着，白日喧嚣的起伏都化为夜半竹筒的跌宕，你会疑心老人带走了寂寞。十几年的馄饨，十几年的竹筒声，温暖着每一个同我一样迟睡者的心灵。我时常觉得，老人所做的并不是一份苦役，而是叩响时光，拨动岁月，在每家每户心灵里安下幸福的种子。

　　一次偶然，我和几个伙伴发现了馄饨爷爷的老屋。那是白墙青瓦石板木窗的小屋，看样子早已有五十几个年头。岁月剥蚀着房顶上扬起的飞檐，破烂不堪；塌方了矮墙边的一排隔开孤独的短墙；淡褪了门上耀眼的草绿，斑斑驳驳，让木门翘起。有一瞬间，我觉得仿佛进了《解忧杂货店》的老房子。我们看着馄饨爷爷把车子推进房内，关上了门。老人不到晚上是不会开门的。我们从门缝里看到院内到处是荒草野藤，茂盛地自在坦荡，鸟儿在草藤上跳跃鸣唱，欢快无比。我们不知屋内的事，也不知老人和家人的生活。但我们唯一熟悉的是夜晚那一声又一声的竹筒咚咚声，和那一脉脉温情与清香，还有那风雨中的美味和简约。

前年回老家，我发现馄饨老人的房子已经被拆了，取而代之的是一幢新式的别墅。院子里不再只有荒草野藤，而是坐着五六个油头小子，一边嗑着瓜子，一边谈笑风生。老院被改了，改得面目全非，改得失去了童真童趣，改得淡化了质朴和简约。

至此，我再也没听见馄饨爷爷的竹筒声，也没有人知道他去了哪里。

每次回老家，我都要站在田间，深深地凝望，或是倚着榕树静看着塘里河流水汤汤。河中的乌篷船已随记忆去到远方。每次见到田野，我的思绪就无法着落。我在思念，可思念的是什么？我一直想不太明白。

我只是望着，望着，却再也望不见老人的身影；听着，听着，却再也听不到那"咚，咚，咚"的竹筒声。人生过客有无数，休说故里与何方，随遇而安无不可，人间到处有花香。

生活是天籁，需要凝神静听。我仿佛又听见了竹筒"咚咚"的响声，飘进老家的那条长街。

那夜花开

不在意，

是否有人看见了我，

你的朴素，

却总让人在意。

——题记

值班的护士来了，头上戴着白帽子，冷冷的脸。还有最后一瓶药液没注入我的血管，她将滴液下落的速度拨为秒针的速度，九十度垂直，恰是我最迷茫的角度。

隔壁床小女孩的哭声像刀片割开了宁静的夜晚，此刻秒针分针恰巧重合，又是九十度垂直，亦是我最绝望的角度。我的病床在窗边，紧挨着的就是无人问津的医院后墙。我忙把视线转向窗外。

今天恰是月圆，皎洁的月光垂直洒入窗台，是浅灰的颜色。一切似乎已经归于平静，唯独我难以平静。疏忽间，一段白色闪入我眼前，那是什么？是护士帽？我睁大眼。

昙花，是昙花，它在异地他乡，在我眼前绽放了。从小到大，家里的昙花就一直陪伴着我，但至今没有看到花开的那一刻。听人说，昙花盛开，灿烂无比。我由于种种原因总是错过它的花开。

世界突然间变得安静，我可以清晰地听见另一个病房值班护士走过的脚步声，以及我心口剧烈的跳动声，那是欣喜，那是惊讶。夜，似乎凝固了，昙花那绛紫色的花苞，渐渐地裂了开来；雪白的花瓣渐渐探了出来，一片、两片……怒放了。昙花在窗外，在古墙边笑着摇曳，异彩纷呈，灿烂辉煌。

今晚的月色很冷，冷得彻骨，可对于昙花而言，似乎一切都与它无关。它只在乎当下，在意今生今世的今日，今日的此时此刻。它美妙绝伦，宛如一位白衣仙子，飘然落入凡世，璀璨纯洁。昙花绽放只有几个小时，为此盛开，它却准备了多少个日日夜夜，承受了多少的寂寞和苦楚？但它好像毫不在乎，不问世间凄凉，不问人情浓淡，不在意身旁今年梨花谢、明年杏花开，不在意清风拂过残垣断壁或是雕栏玉砌，不在意明日的枯萎、昨日的期待。再怎样的橙黄橘绿，岁月游走，也会烟消云散，更何况只有这短短的几小时。

从住院到现在已有一个星期了，我却不能像昙花一样潇洒自如。我时时刻刻都在担忧，忧虑着眼前，忧虑着远方。都说未来藏在迷雾中，叫人看起来胆怯，但当你踏足其中便会云开雾散。可是我依然还是驻足而观，还是云雾缭绕。是我一路走来太过幸福，还是未来就是这样让人沉浮？为什么我眼前的未来，仿佛是风雨兼程，一路荆棘。

或许，我的远方就如昙花一样，寂寞、辛苦。恍惚迷茫间我倍感惆怅。昙花一现，只是送来片片诗情、点点诗意吗？不，纵使寂寞一生，也要美得深刻、美得尊严。花开花谢，生命无常，就如有位诗人说的："如果你爱生命，你该不怕去体尝。"

廖一梅曾这样写道："在每个死胡同的尽头，都有另一个维度的天空。"很难说人怎样才到了穷途末路，只要一息尚存，对什么都可以抱有希望。当你拥有了追求，与你所在的正是九十度垂直的高度，"当下"是垂足，"远方"便不再遥远。

昙花闭合了，花朵很快就会凋谢。躺下来，闭着眼，昙花似乎在我心里渐渐盛开。

没有花的福气却有着树的硬气，让我们在风雨中过活着的自己！

那夜花开，总让我在意。

一纸青春

　　窗外下起了雨，冬日里的雨是几近缠绵。南方的小城，浑厚的墨香，浸润在雨水里，柔柔地在天地间飘散。雨滴从玻璃窗上颤落，打在手中的诗卷上，水墨相融，一圈一圈地荡漾，晕开的正是席慕蓉的那首《青春》，"遂翻开那发黄的扉页，命运将它装订得极为拙劣，含着泪，我一读再读，却不得不承认，青春是一本太仓促的书。"

　　青春于我才刚开始，它就如一张纸，空白而平凡的一张纸。静静凝望，它倏忽翩翩起舞，变化着，起伏着，于朝阳下扇动着金色的翅膀。

　　我们正青春。如果成堆的习题与如山的作业有名字，我想它应该叫做迷惘。我们在纸上"拼命书写着人生"，这是人世间残忍而冷酷的较量。赢者，可能前途光明；败者，可能暗淡无光。但是当你赢了，你所拥有的，除了一纸证书，一个分数，还有什么呢?

　　我时常这么想着，却又不敢抬头对抗已被条条框框定死的规则。它悬在头顶，藏在心中，困住了放荡不羁的行为，锁住了天马行空的思绪。我深深记得歌德的告诫：谁要是游戏人生，他就一事无成；谁不能主宰自己，永远是一个奴隶。

我迷惘，或许迷惘正是源于对未知的好奇与探索吧。我渴望追逐梦想与实现自我。"每个人都想把手伸向夜空，去捕捉那属于自己的星星。但却极少有人能正确地知道自己的星星在哪一个位置。"我在迷惘中挣扎，凭借自己那少得可怜的人生阅历想闯荡一番天地，却四处碰壁。我如茫茫大海中的一叶小舟，在风起云涌的早晨迷失了方向，或许，也迷失了自我。我没有桨，没有长篙。我焦虑，我害怕，但我不愿如此静默着，随风飘荡，任意东西。在迷惘中，那种对知识的渴望、对独立的向往，渐渐成为对懵懂年少最深刻的鞭策和激励。就如杰克·凯鲁亚克所说的，"我们还有更长的路要走，不过没关系，道路就是生活。"

我将心灵与肉体交付于诗意的远方，书籍与风景拼接成的大千世界，等待着我去一点一点涉足。我跟随着一个个作者去书海中远行，在青春岁月中触碰每一个故事，聆听古城的心跳，一览河山的壮阔……我仿佛不再迷惘，与余秋雨一同《寻觅中华》，感受西天梵音的深沉空灵，凝望历史僧侣的步伐。那深深的脚印踏过佛教的传播地，到过印度天竺，从法老到玄奘，包括鸠摩罗什这样伟大的行者也与我一起，在惊人的生命中灌入中华文化的血液。我

及弃

背上行囊，踏上旅程，一千五百年前的黄沙漫天，苍茫大漠静默亘古。不由地，王维的《使至塞上》闪入脑中，"大漠孤烟直，长河落日圆。"一长一圆勾勒出那片土地所承载的战鼓马蹄，为西天传来的一种轻柔神秘让出了空间。

我阅读着，感受千年文化承载的历史与沉淀。它们如同一块块剔透的玉石，虽不自带万丈光芒，却于我无限疯狂。我花了大量时间琢磨纸这千年的产物。我终于明白，它是坚硬的也是软弱的，它是古老的也是年轻的，它是永恒的也是短暂的。即使灰飞烟灭，也如夜晚瞬间划过天际的流星，那长长的尾巴就是道不尽的青春。我谛听，谛听发黄书籍唱响的时代篇章；我行走，行走千年历史遗留的大道风霜。

我不再迷惘，空白的纸被印上了铅字，对我便是最好的慰藉。《提契诺之歌》中有这样一句话，"我乐于让阳光晒熟。我的眼光满足于所见事物，我学会了看，世界变美了。"

在午后，阳光熙熙攘攘挤过窗棂，像是诗意的文字，在辞藻间梦游。那年那日夕阳漫漫，余晖十里，阳光是恢宏的文字，在冥想里喷薄。紫藤花落花开，长廊人来人往，努力向前的身姿美成一道剪影，人生没有停靠站，现实永远是下一个启程的出发点。

心若没有栖息的地方，到哪儿都是在流浪。无声地将心托付于前进的步伐，愿在时代的另一面以一支勾勒万物的笔，写尽人生的百态。

岁月漫长云卷云舒，以平静的心，笑看苍穹。红日初升，其道大光；河出伏流，一泻汪洋。青春写在岁月的纸上，就像留痕划过了蔚蓝的天空。在青春的纸板上，我们留下记忆，或许温情如水，融化了冬日里的寒冰；或许热烈如火，燃烧着夏日里的激情。我不愿如张爱玲那样在千帆过尽后才悟出爱的真谛，让青春留下遗憾。

窗外的雨依旧在下，点点滴滴打在芭蕉，欣然，雾气笼罩，绿意初醒，风吹杨柳堤，雨洒老城墙。这是小城难有的静谧。路漫漫，青春才刚刚开了头，我愿以纸来记叙青春所有的青红皂白、橙黄橘绿。

任岁月无情拖去时光，独留一纸青春。

惟解漫天作雪飞

我一直在等，等的是冬天的雪。

故乡的冬天，雪尤为少见，只记得孩提时的一夜大雪，满足了我童年最温婉的回忆。那段悄然而去的时光，对雪的怀念一直停留在那年冬天。

长大后，看了哈尔滨的冰雕，长白山的雾凇，冰城的寒冷深深镌刻在成长的印记中，冲淡了一杯又一杯刚刚温出的小米粥。暖气肆意的大东北，我爱极了那种入口便让味蕾痴狂的甜蜜。经过了那么多天的旅程，唯有沁入人心的米粥与大门前狰狞着的红椒记忆犹新。住民宿的日子里，火炕是唯一的热源，室内室外的温差可以抵得上热带与寒带，那种冷暖相织的碰撞，那些连体温调节中枢都无法在短时间内做出反应的透人心骨，是一辈子都无法泯灭的坚强。雪教会我在天寒地冻中成长。

尽管双手僵得犹如天津酥脆的大麻花，仍然想不隔着双层的皮手套去捧起落在枝叶间的一团又一团积雪。到处的植物，不管是金黄落叶还是郁郁葱葱都被天地点染上一朵又一朵白莲花，未经来往行人踩踏，来去车流碾压。寒风中，松柏傲然挺立而凛冽，吹吧吹吧，它何曾不是骄傲放纵。

喜欢一座城市，往往无须理由。

夏天落着淅沥的雨，冬天下着纷扬的雪。曾经的源流鸣禽，山水意象，都浓缩在湖堤一痕，一点，一芥，暗自窃笑，迷上雪的韵味。

我的世界下雪了。

一个下午，无心顾及休憩与忙碌，只是沉溺于雪的海洋。从兀自飘落的，不到半边天的孤独，到洋洋洒洒，醉来无际的漫天。我一直在眺望，干涩的大地映入洁白的絮朵，雪小了，人走了，却又在倏忽间卷土重来。我离不开颠倒浮沉的雪，好比离不开越来越多的负重，任雪无言落在脸庞。静默着，不时有杂念纷扰着我，离开雪，回到温暖的居室，我不能自已。大地，是亘古的苍凉。

山峦模糊了天际，江流隐遁了踪迹，银杏与青杨在飞雪中影影绰绰，对面的楼房苍茫而又亲切。沉寂地无声地望雪，目光愿与心灵一同坠落在动情的触点。喜欢上雪的自由，喜欢看风中的雪，白雪和日光，让我不再惧怕成长，成长老去，在淡淡的雪湾搁浅。

雪花忽而大若鹅毛，忽而小若风尘，忽而重似撒盐，忽而轻似柳絮。画幕上被添了一笔刺目的白色，像雪花渐融一样，慢慢沉淀，融入，有几分矜持，更有几分胆怯。雪偏爱瑟缩的柔美，将地下潮湿一片，浸润着南方小城醉人心扉的往事，呈现着神圣原有的本色。

灰瓦白墙都茫茫一片，枯枝嫩叶都混为一谈，在无际的白色陪衬中，雪不再孤独无依，万物是生命帷幕中的点缀，飘雪是生活剪影中的渲染。

雪又大了，落下的岿然不动地栖于房檐，对照着耍雪归来的孩童们冻红的鼻尖。风又大了，又作无情流离漫空，往东的、往西的斜斜交错着，往下的、往上的密密穿梭着。雪是冬日的流星雨，滑落了晶莹世界冰清玉洁的思绪。

我的世界下雪了。

每一根枝条都找寻到了属于它们的一许沉淀，压弯了自己，是雪。每一个行人都获得了属于他们的一丝寒意，冻冷了自己，是雪。木桥把冬雪画成黑白的五线谱，水平裸露的每一寸土地，每一块突起都弹奏着雪的赞歌，深深地汲取一片雪的甘甜。

跳跃着的漫天飞雪笑靥如花，来来往往，却不能久留，瑟瑟寒风吹进窗隙，屋里的人看着世界，她在等着江南的雪。

江南拥有的正是纯洁而又简单的美好。

"冬有冬的来意，寒冷像花，花有花香，冬有回忆一把。"

我一直在等，等的是冬天的雪……

起风了

三月的惊蛰，暖意渐浓，阳光恰好，于是冬眠的那碗清酒便有了醉意，玉兰花开的时候，起风了。

我从来不知道教室门前的是一株玉兰树，如果说不认识，还不如说是没怎么在意——即便是在一楼的教室里也没有那闲工夫去仔细端详一棵入秋不久就秃了枝的小树；并且脑海中存有的有关玉兰的碎片，全是停留在儿时老家的路旁。那些花开时，香飘十里，花谢时满地白霜的记忆都极浅极淡，像黄昏的晚风，倦意沉沉。

忽而有那么个平常的日子，蓝天躲过了飘落的日子；清晨，微风，我们一样，朝霞，湖水，树木也一样的日子。一阵风吹过没有春天的树梢时，我却看见花苞的影子落在书页间，在前桌的衣衫上有一下没一下地摇曳，短暂地惊愕，又抬头望向窗外。几棵树的枝头都缀上花苞，还有一棵树的枝头上，翻出了白色的百褶裙，一层又一层把阳光切成了一点又一点，肆意而张狂，孤独而寂寞，她在笑，于三月的风中，笑着悄露生机，笑着傲视群雄。

及笄

冷风轻轻跑过，偷走了她的香气，又在弥散的影里蕴有新的芬芳。

玉兰花开之前，我们还是无谓成长的孩子，我们还是一起并肩作战的伙伴。于是刚来这里的第一个深秋，我们还一起感叹纷扬的落叶，感叹即将到来的漫长而寒冷的冬天，可现在，你看，冬天都已经过了。

一整个晴朗的白天，玉兰雪白的身姿与蔚蓝的天空互相映衬着，那花蕾底部黝黑的小叶子与叶子上茸茸的细毛都被耀眼的阳光抚得闭了眼，醉在花香里沉沉睡去。到了晚些时候，那些刚探出白色脑袋的精灵们便积聚了暖阳的能量，倏忽，一整树只有皎洁的白色，纯净的白色。看花的人也不仅仅只有几个，而是三五成群地坐在花下谈笑风生，真的，微风把春天带给了玉兰，玉兰又把新的生机赠给了人间。

花开之前，有人对我说过这样一句话："如果你爱上了某个星球的一朵花，那么，只要在夜晚仰望星空，就会觉得漫天的繁星就像一朵朵盛开的花。"暮色沉沉，余晖万丈，万点星光像迷失的渔火，被面向春光吐露希望的玉兰点燃，衬着挑灯夜读的光芒，霎时的宁静像雨点一般被清凉的寒风吹起，又纷纷落下，重力加速度，笼罩了整个世界。灯下，我们奋笔疾书，又借着冷意浇灭随心的火焰，幻想着那些白日做梦又匆匆把自己寄托于思维的碰撞。白雪盖过的冬天，迎春的第一个脚印，玉兰花开谁都知道意味着什么。

纵有疾风起，人生不言弃。

中考的距离在花开的那刻起就仅仅只有一百天，成长的我们总那么淡然看花开，却那么无奈看花落。寒窗，我们也曾苦读两载，看玉兰花摇过了两度春秋。

刚来学校的那个夏季，我们望着三年之后未知又无处找寻的远方的门，在这棵玉兰下，在这间教室旁，在这座学校里茫然无措。日复一日，我们就在这门前成长，看着三年征途一点一点到了尽头，我们会以怎样的心态打开那扇挤满尘埃的木门，叩响心中那首无人聆听过的乐章。

于是在花开过的那段时光，笔芯里的水还剩一半，试卷上潦草的字迹也未曾干，窗外的清风送来的香气会卷走一点又一点的失望。小学的毕业考，那段栀子花深深盖过的年少，一张张漫天飞舞的试卷，就像无处栖落的心房，意味着相遇，也意味着离别。手中的笔铺垫下的那个夏日不曾停歇，却再也回不到那一天，也回不到从前，年幼的记忆都仿佛随着时间的推移弥散不见，但又在中考的玉兰花开里潜滋暗长。

是啊，玉兰花开了，曾经走过那么多场考试的心酸不见了，打闹的欢喜不见了，失败的沉默不见了。花落，把我们都落成了没有记忆的木偶，在无尽的学海中，跌宕起伏，却再不知人间冷暖。

这一次的花开，你们都看到了吗？沉默很久才猛然发现，今天的玉兰似乎没看见花苞就留下满树绿意，可能是上天赐予我们的一场梦境吧。

花开是梦，花开是醒，枝繁叶茂便是对梦永恒的回忆。伴随着几度花开，几度花落，几滴眼泪和欢笑，多么希望在做梦的迷茫中能清晰地看清——看清自己在初一的模样，看清自己在初二的成长，看清自己在初三的匆忙；多么希望在三年征途中猛然一惊——发现自己还伏在初一的课桌前，还挥洒汗水在初二的赛场上，还抹着初三分别的眼泪抽泣着告诉自己的三年，是梦，一个极长极长就要走向终点的梦，一个快要醒来的梦。可梦里，我们会各奔东西，会永远消失不见。

微风像老师的双手在玉兰树杈间圈点勾画，起风了，带着一片又一片的花瓣从空中坠落，又仿佛那么轻盈，拂过芳草地，沉淀在心间。

谁见过风呢，我们从来都没有见过，但当树叶颤动，就知风吹过。谁明白过成长呢，我们从来都没有明白过，但当分别真正来临，就知成长的云影掠过。

玉兰花开，玉兰花落。

纵有疾风起，人生不言弃。

做一个没心没肺的人

曾祖父得了肺炎，终日咳得像是五脏六腑都要呕出来一般。长年寄居在如此偏远的小镇里，抽着无人问津的尼古丁，一缕一缕的烟使他在流离失所的境遇中出仕而又归隐，湮没而又复出。

曾祖父是经历过世界大战、内战和"文革"的，一步一步在烟熏火燎中跌打滚爬。虽然从来没有出人头地过一回，但还算幸运，风风雨雨，封锁围剿中他没像同村的青年怀着志气而去，抱着白骨而归，而是靠着那点倔强的小劲，在沉沉的冰霜之下，他当过兵，参过军，也有着报效祖国的宽宏大志，可惜最后，这样的伟大理想随着奔波辗转而一点一点泯灭。如此的结果便成了一言笑谈，经历过那么多的风风雨雨，寻找着追溯着却始终是绕着自我的小圆在转，伸手向前抓住的却是来不及往前而去的衣襟。

被我熟知的曾祖父已经是耄耋之年了。我的出生或许真的是给他最好的礼物，曾祖父是喜欢我的。八十五岁高龄的老头子了，揣个连乳牙都未长成的小孩童坐在家门口的大竹椅上被前来报喜的左邻右舍簇拥着。在那个时候，曾祖父的步履是极轻极轻的，没有手杖的搀扶，他走得很慢，十几分钟也走不出老房子门前的那条长街。

曾祖父从我记事起就已经很少下田劳作了，农务基本上都是爷爷奶奶承包了，他只负责没日没夜地搓麻将。甭提麻将，小赌小博的花式大满贯。他的脑袋也聪明得很，乡里人却都不知褒贬地封他为"赌王"，他倒也不介意，觉得村人嫉妒他的才华。

有心有肺的人才有深刻的体悟吧，那我岂不是离目标再次远去了吗？左边的胸膛里是又多了一颗"怦怦"直跳的心吗，击得我昏昏沉沉，浑浑噩噩。

上学之后，回老家的次数日益减少，成倍地删除曾经需要探访老人的日期，留下了屈指可数的几个节假日，就着习题如山的借口再少去一两个，便再也说不过去了。

其实，这一切的造成除了忙碌，还有个因素。

2014年的寒冬，腊月里我们一家又重来到老屋。老屋依旧还是原先的那个模样。灰白灰白的壁，灰黑灰黑的瓦，周遭的荒藤野草自在地坦荡，颓废的院外矮墙。走进屋内不必换鞋，地板和四壁都是水泥坯成的，光线晦暗，交织着厨房火坑灶台的炊烟。燃烧的火焰在柴火中兀自地跳跃，像即将失散的泪光。

有个很迷信的爷爷，很封建的爷爷，有个一直想要男孩的爷爷是怎样一种体验？虽然没有百受排挤，但日常的流言蜚语也总少不了。曾祖父是无所谓男女的，是因为人至老年七十一到便可从心所欲了吗？没读过书，没上过学却也本着"爱人者人恒爱之"的理念，纵使一意孤行也淡定自若。经历过那么多繁杂之后，忽而想到十五年前的那天，我若是以男儿身复出，曾经所获的殊荣会不会灰飞烟灭，如今的格局会不会悄然改变。

做个女孩应该也没什么不好的吧！

除了……让妈妈怀上一种"老死不相往来"的决心。

我们若没有了思绪，断去了想法是不是就不再会在意人世间的种种瓜葛、点点纠纷？那现在的我算是听信了如此乱七八糟的言论吗？我会颓唐下去，一蹶不振吗？还是做一个没心没肺的人，没心没肺地活着吧。思虑是有几多苦痛。

……

多少年后再次匆匆赶来，乘着清晨最早的一班列车奔向那个无名小城——我宁愿不记得它的名字——在那里度过的岁月从来都不是天瑞地安。

城里的火车站静冷得像一座古庙，来往的列车少到没有轰鸣声，不愿打破城市的宁静，却又用脚步声叩开新的一天。

曾祖父病了，肺炎，在村里的卫生院挂点滴。爸爸说，他坚持不了多久了，这次赶来或许是最后一次。眼眶微红。爸爸是跟着曾祖父长大的，爷爷奶奶总在田间忙着割谷子插秧苗，春来秋去，暑来寒往的。

曾祖父满身插着管子，在病房里睡着了。没有人来的时候这儿静谧得像一页白纸，暗黄的微光映着每一位老人死气沉沉的面颊。曾祖父把自己的所有积蓄制成了四枚戒指与两个镯子。他的两个孙子、两个孙女以及照顾他大半生的爷爷奶奶，是一个也没有忘记。

"今年，他九十八了呀！"有人指着曾祖父挂在床前的牌子笑道。是啊，他已经九十八了，他才九十八呢！九十八岁有那么些憔悴，也有那么些老态龙钟。

"三年了。"他喃喃道。

离开这座城，已经三年了。

三年恍若一瞬，说长不长，言短不短。活在等待里的人是度日如年，活在向前里的人是频频辗转。我们很难在一路上走着捷径，笔直而坦荡地永不回头，是因为我们怀有爱啊。是爱总让我们放不下，是有心有肺让我们总因身边的点滴而停滞不前。想要把烦恼无奈忧伤寂寞通通抛掉，但它们会在你踟蹰不前时再次黏上你，成为你隐形的附体，潜移默化地影响你一辈子。

有埋怨，有质疑，有遗憾，有欢愉，曾祖父在我眼里永远都是一个活在记忆里的人。他弯曲的骨脊，黝黑的皮肤还有无声的步伐总是像剪影一般淡出而明了。于是思念的时候，怎么也想不起他的容颜，只有冬日也单薄如纸的衬衣，在田野间的清风下无处停歇，肆意飞扬。

曾祖父是记忆深处的尘埃，让那么些强大的记忆碎片将回忆驻留的小洲幻化成温情款款的殿堂。我们希望留下美好的，因为不愿反复地被悲伤扼杀。

这篇文章的初稿仅仅到此，可现在，我想把它缓缓地写完。因为在画上句号后一星期不到，曾祖父便永远地在塘里村的那间破败的老屋里离开，肺部的大量积液像压死骆驼的最后一根稻草，埋没了曾经多少风华。

此刻，看着柜子里那曾经属于曾祖父的金灿灿的戒指以及抽屉中多少个春节他所给我存下的压岁钱，就仿佛被铁钩剐去了五脏六腑。思绪像潮水一样吞没了几百亿个星球，时光逆转成血红色的黄昏，一个又一个看不见来路的沉甸甸的远航，离开的时刻，终于病魔还给了他一丝平静的喘息。

无声的是你的不舍，还有你苍白的侧脸。

世界还没有苏醒，你就早已沉睡，不说再见的长眠。

送你最后一程的那天阳光很好，到处燃放的礼炮与乐团的葬礼交响曲交织旋转。长号呜咽短笛抽泣，时而连时而断，伴随着灵车以及浩浩荡荡的送葬仪仗，穿过喧闹的

及笄

集市，横过兀自流淌灌溉了那么多代人的塘里河，翻过掩映着一座座山头的小丘。白色、蓝色、红色的孝帽混杂在冗长的队伍中，像沉闷而不语的星星。

开在前头的广告车滚动播放着曾祖父的照片，神情是一样的，只是无端的背景一遍又一遍地在换，你不是笑着。

随着太阳的升起慢慢朝前挪动着步伐，鬼针草扎遍了每一寸衣襟，有谁记得是在多少年前来过这里，任荒草野藤肆意坦荡。曾祖父终于跟他的妻子永远地躺在了一起，在六十多年之后。

姑姑和伯母些许多愁，填上坟洞的那一刻还止不住抽泣，拿着香烛拜了再拜，起了又跪。艺人吹起的音符像不成调的闲谈，随着漫天燃烧的孤烟弥散在大山深处。保佑子孙平安的明灯若隐若现，在中午的刺眼阳光下照亮了前行的脚步。

炮声又起，桔梗堆腾起熊熊大火。

离开，总觉得少了什么，少了那个近乎耳聋的老人，少了那个曾经一餐能吃三碗米饭的老头，少了那个九十七岁还爱搓麻将从未输过一角一分的曾祖父。他就这么离开了，与我再也不见了是吗？他就这么离开了没留下一言一语吗？他就这么离开了，离开很久，到来世也不一定相遇吗？

他就这么离开了，我再怎么哭着叫着喊着，冲着他耳朵狂吼都没用了。

……

流年未亡，夏日已尽，种花的人变成看花的人，看花的人变成葬花的人。我们总觉得无所谓失去，不顾虚华便早已没心没肺，但没心没肺的日子，更留意世事无常。大雨里潮湿的回忆，像一马平川的沼泽地，你在我们遗忘的世界里开启孤单的岁月。没心没肺的幌子扎根在撒哈拉的一隅。

昼夜逐渐平分，潮水只留下水渍，对着大山低头，总是暖意，变化着每个人的模样……

及笄

麦琪的狼犬

关于狼犬的记忆，一直从那年的秋天开始。不喜欢上幼儿园，妈妈便三番五次地将我送到乡下，和外公他们一起。外婆家的院子里栽种着四五棵枣树，还有桂花和槐树、榆钱树之类。金秋时节，桂花飘香，槐树刚刚落下满枝的槐花，铺得满地银霜。"水绕坡田竹绕篱，榆钱落尽槿花稀。"别样的秋日私语，可让我忘不了的却是那条狼犬。

我是喜欢狗的，却也极为害怕。贵宾泰迪且罢，狼犬藏獒一类的凶神恶煞，总让我敬而远之，或许是出于对外公家的狼犬小黑的特殊关照，它的出现，却没让我恐惧。

小黑在我未出生就来到了外公家，是只流浪狗。发现它的那年冬天特别寒冷，虽然没有下雪，但池塘里的水都是结了层薄冰的。刚刚断奶的它在外公家门前走着，一不小心失足，掉入了这漆黑而又寒冷的冰窟窿。湖面的薄冰霎时破裂，本身就还未发育健全的小黑浑身湿透。外婆说，看见小黑的时候，它已经昏迷，全身冰冷得像僵尸的身躯。四周是陌生的景致，它醒来发现自己在一个人的家中，止不住地乱叫，发疯似的向灶台，墙壁横冲直撞。在那一带，狗是用铁链拴着看家门用的，狗肉是给老人补身子的，狗皮是用来做燃料的，当时的人们对于狗的存在全然没有一种清晰深刻的认识。相对于那个时代的人，狗，仅仅是一种得来毫不费力，弃之毫不可惜的存在。

但当外婆用热水给小黑暖身子，用毛毯为它保暖时，年纪虽轻却又经受风霜的小黑流下了眼泪，将头依偎在外婆的臂弯。

阿姨去了体校，妈妈在另一个镇上教书，舅舅还在上学，清冷的家中因为小黑多了一份别样的温暖。

外婆很爱小黑，它的一日三餐包括小茶点都由外婆亲手准备。

小黑也很爱外婆，不论种田买菜，它都形影不离。

小黑是外婆的影子，要找外婆只需要找到小黑。

外婆也是小黑的影子，有小黑的地方必然少不了外婆。

每次我来外婆家的时候，小黑都和外婆一起在村口等待。那时候乡镇的大巴车开不进去，村里的道小，余下的几里路，小黑总是跟在我身后或是溜到我跟前，围着我绕上几圈，再将我的脚趾舔了个遍。这种别样的喜欢，别致的温柔，虽有些不太适应，但仍旧满心欢喜。

它们不会说话，只是单纯的善良，简单的甜蜜。

和小黑在一起的日子里，完全感受不到忧愁或是哀伤，即使那天它在山林间玩耍时被荆棘丛刺伤，它也会不顾一切地强装欢颜，归家之后再暗自神伤。

一次，外婆上街买菜遭遇抢劫，本和我在院子里戏耍的小黑听见邻街外婆的呼救转身就跑。我从未见过它如此矫健的身姿，仿佛是"箭中靶心，箭离弦"疏忽没了影。

它不会表示，只是平凡的坚毅，实在的忠诚。

韩寒在《后会无期》中写道："狗的寿命只有14年，不足以陪伴我们一生，但是却比人的情义要长。"

我快要上小学的时候，外公外婆筹划着出国创业，我也将回到城里读书，小黑的存在成了个沉重的问题，没有人愿意将小黑抛弃，当然小黑也不愿离开。

还记得送小黑走的那天，它坐在外公的摩托车上，被我们带到了一个村庄。车上的小黑也仿佛意识到了分别的来临，一路上不停蹭着我的裤脚，发出呜呜的低叫。一路上我们都沉默不语，外公外婆和我都一样。

风无声地寂静，天不由地阴沉，空气总像是被禁锢住一般，流动得毫无声息。或许人生就像一场旅行，我们徒步前行，来来往往总是避免不了离别的伤感。有时不记得那段时光是如何度过的，只记得依依不舍。小黑一直趴在我脚边，很安静地趴着，外婆蹲下轻抚它的脊背，一次又一次轻抚，也是最后一次轻抚。外公和那户人家交代小黑的种种，我们仔细而又心不在焉地听，专注是为了记住它，而随意是怕日久生情后难以忘怀。

小黑又一次流泪了，和刚来的时候一样，泪滴顺着眼睑滑下，融进细长的毛中。看到别人伤感，总是很不是滋味，转而又化为怀抱的暖意。它想告诉我们无论我们去哪儿，它会一直等……可惜分别之后，我们都没再见面。

在手机里看到一则故事，一位好心人经常给周围的流浪狗喂食物，其中一只每次来时都带着小礼物，有时是片新鲜的树叶，有时是条古朽的树枝。它送来的总不是什么名贵的东西，却永远是这个小家伙朴实而又简单的新意。

都说狗是最为忠诚的动物，就像耳熟能详的八公独自伫立在街道的一头。走失千百载，它们只会回头驻留，不明白除了等待该何去何从。曾有只患过眼疾的小狗，被主人遗弃在一条陌生的街巷。来往的行人匆匆，它日复一日回忆过往的岁月，为此还出车祸失去一条后退，但它仍坚持每天爬到路口，瞪着早已暗淡的双眸，注视着人们如织的背影，渴望曾经那份熟悉，但主人终究没有回来，终究没有，即使困到爆炸，大批的人群涌入时，它还要左顾右盼，强打起垂垂老矣的精神。

狗的平均寿命真的不超过十五岁，不超过我们的及笄岁月。我们用先前的十四年铺垫换一年的精彩。它却用一生的时光送你满心忠诚。有时候总会想起一些所谓的珍贵，其实它们活着不是为了成为更好的自己，而是为了让他人成为更好的他人；使命完成后，总会有那么些不讨喜的狗儿被遗落在荒野的这一侧，心往之，而力不足。

两年后外婆带我再次踏上归途。那户人家告诉我们，小黑在来到这儿的一星期后就失踪了。我们在镇里呼唤着它的名字，接连一个月每天都在喊。可原先按捺不止的心早已支离破碎。有人告诉外婆，小黑被屠夫宰了，炖了，煮着炒着吃了，我和外婆不听他说完，便打断了他满是笑意的话语。那笑，只要我忆起小黑便再也无法忘记。有人说，小黑去我们村找外婆了，但在途中出了事，也有人说它寻不到我们便忧伤地离开了，还有人说它在外婆的老房子前挖了坑把自己埋了。听着他们七言八语，我不敢再接受任何关于小黑的消息。我是怕什么呢？是怕按着他们所说的只能找到小黑的白骨，或是连白骨也杳无踪迹……

有时候面对你的挚爱，很难接受那些关于他的痛苦与悲伤。也许人和动物最大的区别，就在于我们除了永久的思念，也会选择逃避。

钢笔蘸上墨水，滴在纸上的被滑落的泪一点一点晕开了踪迹。多少年了，即使失踪后它还坚强地活着，现在也已经走了吧，多少年了，它能独自度过这些苍老的岁月吗？它有遇见新的主人新的爱吗？它还会帮助那些人免受抢劫，免遭毒手吗？它还在这个世界上吗？它还在这个世界上——善良，体贴，真实地存在吧！我还想听见它呜呜

的低叫与警惕的狂吠，我还会听见吗？我刚听见了。听见
了呢——

　　可以不爱，可以不养，

　　但不要遗弃，不要伤害。

　　它们都是麦琪给我们的礼物，

　　是麦琪的爱。

四季·青春·那条路

> 她走着，这条既不是宽敞大道又没有一路梨花的街道。两旁，是飒飒的清风，翻过衣袖，是时光的双手。
>
> ——题记

一

那是骄阳似火的夏日，暮色沉沉却召唤不回属于这个季节的清凉。

夜一点一点吞噬余晖，灰砖泥瓦，一排生锈的自行车整齐地排列在街道两旁，刺眼的路灯忽明忽暗，把人拽出长长的影子，那光照在锈迹斑斑的铁索上，更显它的陈旧。

那是她第一次踏上这条空旷寂寞的长街，银灰色的月光似乎锁住了一切热闹，也增添了几分迷惘。

十二岁的生日，没有蛋糕、蜡烛、礼物与欢笑，记忆中只有阴冷的病房。长街上只有她一个人默默彳亍着。

眼前浮动的，是病房那冰冷凄凉的白墙。在她左边放着一台电脑，记录着她跳跃的脉搏，右臂缠着胶带，手臂上十多处星星点点的针孔，多处瘀青依稀可见。

点滴挂在窗帘的杆子上。一滴一滴往下滴着，滴完好像是遥遥无期似的。已经滴了一天一夜了，还未结束，也不曾结束。

病房中的日子，曾是那位懵懂的少女心中最灰暗的时光。每每经过这条路她都会倏忽回忆起。

那时她厌恶了一切。青春刚开始，她却病了，每日待在病房里。她在那张泛黄的纸页上这样写道："这弯弯曲曲的大道，像一条没有尽头的长绳，缠绕山腰，越过山岗，爬进积着残雪的沼泽滩，消失在遥远的天边。"

她愈加感到恐惧和不安，高高低低的情思无处着落，心在荒芜的旷野上流浪，她找不到沙漠绿洲，找不到汪洋灯塔，心灵没有栖息的地方。

或许青春于她而言，便是如此渺茫。残阳斜照，她不知如何去追寻年轻的岁月，只能如云影般掠过，东风不来，她的心便恒如窗扉紧掩，亘古不开。

1984年的龙应台，一袭白裙，踌躇不决，向世界发出了控诉般的诘问。而2017年的那位少女，粗布短衫，茕茕孑立，行走在大片大片的阴影。她不时掩面叹息。

二

冬。

北方的小城，纷扬的小雪。

白雪为世界披上了银装，依旧是那条路，那条长街。竟终有了素气的颜色，可惜是洁白，掩住了曾经的灰砖泥瓦，更显颓废与凄凉。

自行车，还在。

刺骨寒风吹着铁杆"吱吱呀呀"地响。梧桐叶一片片，凋零，悠扬，坠落在地上，随着无数人的践踏，犹如玻璃般粉碎。

路，很长，很长，而且当夜幕降下来的时候更显得凄凉。记忆拐弯，街灯未亮，砖缝间的细土重流，像扎根进岁月的时光。

病房送来了好消息，女孩病情已完全控制。

很快，照耀在白雪之上的已是暖阳，独有的金属光泽在蓝天下熠熠生辉。血色的红润逐渐在女孩的脸上蔓延开来，灿烂的笑容在周遭的嘴角找到了归宿。

她爱上了绘画，在洁白的纸页上，她一次次地用水晕开墨色染上朵朵粉红，于向晚的风中，微微生香，暖气熏人，乐趣无穷。

青春梦想随着时光在蹉跎而过，数朝露晶莹，看夕阳如画，走一路坎坷，嗅一路芬芳。

淡褪了长街无人问津的模样，奏响了时代生生不息的篇章。

三

再一次踏上已是春暖花开之际。成片成片的樱花正开得烂漫。

女孩的长发披在肩上，微风轻拂，散发着迷人的芬芳。她的手中，捧着余秋雨的《寻觅中华》，书页间插着那幅她曾费尽心思的画。

她不曾打算把画送给任何一个人，除了当做青春成长的礼物，赠给永远天真的自己。

她在画的右下角写上自己的名字。

低到尘埃的心事，忽然开出花来。

那年六月，她第一次发出啼哭，哇哇诞生。

那年六月，她第一次经过长街，惆怅迷惘。

你是你！已不是最初的你！也不是昨天的你！奔波的岁月，一站又一站的旅途，在动荡与流离中，每天的睡去是旅程的一个终站，每天的醒来是旅程的一个起点。

放荡不羁的心让青春不再失落不再迷惘，那条长街诠释着她追寻梦想与逐渐沉沦。

她在长街的小路上，彷徨哀怨，慢慢熟悉又慢慢成长。

天津人开的小店，已腾起了热气，水珠在鼻梁的镜片上聚集。温热，恰似青春的温度。肉汁，好比岁月的丰满。

　　微风中，秋的花草婆娑而动。斑驳的光影投在案前，宛若时间轻浅的脚印。

四

　　或许这是女孩最后一次来到这里。长街改变了女孩，改变了她笔直无碍的青春。在这一条十分漫长的路上，她走过阳关大道，也走过独木小桥；路旁有深山大泽，也有平坡宜人；有杏花春雨，也有塞北秋风；有山重水复，也有柳暗花明；有迷途知返，也有绝处逢生。

　　或许人生之路很短。短到让人惋惜，让人痛苦。但曾有人这么说过："分别不是终点，彼此铭记就已足够，人生的有些时候，一场邂逅，其实就足够美丽。"

春天的花开秋天的风／以及冬天的落阳，

忧郁的青春年少的我／曾经无知的这么想。

　　　　　　　　　　——罗大佑《光阴的故事》

　　回首一次次走在那条小路。人们说陈年旧事可以被埋葬，然而我终于明白这是错的，因为往事会自行爬上来。回首前尘，她曾意识到在过去一年一年中自己始终在窥视着那条荒芜小径。

　　陌然，她终于明白。

　　时光不等人，而路还将继续往前走。

　　四季，青春，那条路……

冷

一

他们说着无人能懂的语句，浮夸的表情，大幅度的肢体动作，陈旧的服饰，连走个路，都带有农村贫苦人家的卑微。我们总用一个再普通不过的词语"外地人"，来称呼他们，用这种极其简单的方式来包裹住了他们一切格格不入的风俗习惯。

外地人的孩子，全被送去了农民工子弟学校。这些不远千里来谋生的外地人，或许只是单纯到有个地方赚钱即可，孩子的发展趋向，成绩高低，都无所谓。其实，除了他们所住的矮平一层之外，其余的住户都拥有着高等学府的入场券。他们只不过是租用房子，想卷袭着被褥同常人一般进进出出，却被楼上无数的业主毫不收敛地耻笑，像躲避瘟疫一样，躲着他们。夹着公文包的公务员早出晚归，仿佛是算计好的一般，踏着饭点，来去匆匆。

窗外的三角梅有一下没一下地摇动，红艳艳的花使得这块土地更加俗气。

二

冬天的中午晴空万里，暖阳泼洒下柔和的气息，快要到春暖花开了，但这条终年不见半束日光的小巷，依旧阴森得犹如一张狰狞的面孔，吞噬了春的温暖。一个外地人包下了对面的一整栋房子，五楼，白砖砌的，蓝框玻璃窗架。不知从哪天起，五楼平顶上搭起了金属焊接而成的铁棚，电钻声响彻上空，又过了几日，小巷间不再回荡着"滋啦滋啦"的电镀焊接声，而是卡车来去启动而又熄灭的发动机旋转声。

一车一车的砖头，一车一车的沙粒，一车一车的石块，一车一车的水泥。通电直导线在磁场中会产生力的作用，步步紧逼的压抑感促使我狂躁不安。究竟是谁对谁起了作用？没有人愿意回答这个问题。翻斗机立了起来，成千上万个石块随着重力的牵引与斜坡的角度滚滚而下，倏地，像是陨石坠落一般，惊天动地，又像是大锤砸落，震耳欲聋。满天的青烟，满面的灰尘，似是钱塘江八月的浪潮，是泰坦尼克号撞向冰山，又是那些年在青山绿水黄土瘠地、硝烟飞散的故里，将抗战青年义无反顾的身影摧残得只留下满地淤血的炸弹地雷。或许这些砖石的摧残力不足它们的十万分之一，但于我这仿佛又是一个噩梦的开端。

三

前段时间，大舅家的儿子寄宿在我家。无论早晨黑夜都要带着他，就如带一个拖油瓶，他总是满大街地跑。大舅家的儿子淘气得非同一般，近了上小学的年龄，却还是沉溺于自己的变形金刚世界。我从不叫他弟弟或是那些亲昵的小名，直呼"林奕融"，以示我的尊严。大舅与舅妈忙着经商，在国际贸易区间来来回回地跑，他爷爷奶奶也就是我的外公外婆，也在欧洲忙碌着生意，过了花甲之年，还不知疲倦。

他们的忙碌也许还是为了孩子，钱多少只是衡量财富的一小部分标准，与人品培育毫不相干，倘若如此，何不把孩子带去好好教育，灌溉些生活理念？这使我着实想不明白。

林奕融来了才那么三四个昼夜，就与几个农民工家庭的子女混在了一起。混在一起也罢，吃饭还要连哄带骗，如果不说楼下的小孩吃饭很安静，很乖，他就不稳坐在椅子上，像大猩猩一样东蹿西跳，时不时握着不知从哪里学来的"四指横抓"握筷法，一粒一粒扒着米饭。等听到楼下传来一阵又一阵呼喊，他就会像自给自足的发电机一样，"唰"地产生感应电流。嘴里咀嚼米饭的速度加快，哒哒哒哒好比是裁缝家的缝纫机一般。

"姚佳和，碗内还有米饭。""不要吃了。"一语未罢，另一声响起，"何萍戈。"林奕融再也按捺不住了，饭也不扒拉干净，扔下筷子，跑到门口，只顾着把脚往那双鞋里挤，不知什么时候已打开门，飞似地冲下了楼。

院内站着四五个小孩。叫"姚佳和"的是一位披着齐肩长发，手里攥着个木条的小女孩，蓝白红相间的法国式校服，脚上穿的是短了一码的大红色拖鞋。其余都是男孩，见到林奕融来了，几个小孩便打闹成了一片。

一次，我陪林奕融下去玩，瞅见一位打着双耳洞的小男孩，发色偏棕黄色，手上戴有祈福而来的镀金手环。我不太清楚他是不是林奕融口中的何萍戈，但这名字还真有点性别不分了。

沙石在这条荫蔽的巷子里垒成了小山。林奕融当了"探险"队的队长，拿着不知何处而来的橙黄色气球，两腮一鼓一鼓。气球吹大了，靠着反作用力，"扑哧"地叫了几下，飞向空中，一头撞上一棵有青绿色果子的柚子树。树叶簌簌落下，宛若飞碟。

"磁，磁……"电钻还在无休止地狂呼，耳朵火辣辣地疼。内心此刻何止是狂躁？成堆的书本，成批的作业，我如何在这般闹哄中度日？杠铃般的笑声起了又落，落了又起。玩，无尽地玩。

四

没有太阳，遥遥望去。对楼里的那户人家，开着两百五十瓦的白炽灯。

铃声骤然响起，是顾城的那首短诗。

"黑夜给了我黑色的眼睛，我却用它寻找光明。"

哪有什么眼睛，什么光明？我的光明早就毁在这群外地人手中了。我站起身，伸个懒腰，愤愤地想着。

应和我的只有麻将洗牌的"哗啦哗啦"。

一阵狂风吹过，前边的树突然晃出了个黑影，吓得我一个趔趄。贴近窗户，远望，有一个地瓜头的中年妇女，毛躁的头发被硬梳在了脑海。她仿佛也看见了我，对峙中我的眼光不敢多做停留，低头坐下，视而不见。她怎么不知我们的鄙夷？或许是连我们所想她也了如指掌。继而，她一把拿起手机。"要……报警？"我心中一惊。

谁知她只是开启了手电筒，朝我所在的二楼晃了晃，嘴里还念叨着："匹诺曹，不要出去瞎逛。给我滚回家。要不，你就去你老爷那，别再给我回来！"

然而这些话，在我听来只是外地人常用来搪塞迷糊的伎俩，都这时候了，鬼才知道对谁说呢？依我看又是空气，又是粉尘，又是一个人自言自语来掩饰无知和尴尬罢了。哼，谁稀罕你？

及笄

"开门，开门。"一阵急促的敲门声伴着稚嫩的童音。还真有人被那外地人叫唤？我不禁感到阵阵哆嗦，这哆嗦……有那么些不合时宜！一个在国外生活的孩子，却与外地人的孩子做朋友。

我难道也丧失了是非价值观，同那群外地人一般脑子馄饨不清吗？

我缩了缩肩膀，继续埋头，攻克作业难题。

远处，一辆摩托车载着无名的得意慢慢启动。好几次踩下油门，刺耳的发动机声绕着屋外转了好多圈，优哉悠哉，渐渐远去。"这已和嘲笑无异了，是吧！"我对自己说。

哼，又是他们，又是外地人，能我行我素到如此，也只是厚脸皮的无知罢了！真无趣。我嗔怪一声，嘀咕着何时从这个狭窄的小巷中逃离。

夜色微凉，耗尽所有暮光，不思量。

五

我依旧不知道那个妇女口中的匹诺曹是谁。或许也巧，恰成了外地人肆无忌惮的新定义。我心里的邪恶之种开始萌发，推开几扇玻璃窗，清了清嗓子。我也故意叫了几声"匹诺曹"。四周依然寂静，只有夜半的凉风。

突然，那个妇女又钻了出来，嘴里破口大骂，却也没人晓得在骂些啥子。"这档子破语非要搬出来在我面前瞎扯，闹成恁个样子也不知收敛吗？"我骂了句，又推窗关门，拿笔低头，立起书挡住我再向外地人眺望的视线。

翻页间，我疏忽瞥见，那妇女的眼神木木的。木讷得让人不知道盯着的是空气中的哪个点，或是哪个面。她的目光像水蒸气一样，弥散在空气中；像冬日里放在冰箱中的冰棒条，无论取出放入再也融化不了。

她刚刚看见我了吗？想什么呢？她眼中的我们和我们眼中的他们难道相差无异？这样直勾勾地盯着那个未知的角落。那有飘飞着无处着落的思绪吗？

逼仄的小巷，更加阴冷凄寂。柚子树下的黄草，像在睡觉，恹恹地被风吹着倒下又爬起。

我不由想起了，不知是沈从文还是贾平凹一句话，"没有花的福气却有树的硬气，让我在风雨中过活着自己。"这句话是在说他们吗？可我连作者也一知半解，读了七八年书了，又有什么用？

六

时针，分针，重合了。我泡了杯牛奶，坐在床上静静地翻看着琦君的散文。林奕融晚上到朋友家睡了，就是那位名叫何萍戈的小男生家中。或许是他名字取得好，奕融乃易融，不管在贫贱还是富贵之间，不管是白人黑人还是黄种人之间，他总是拿捏有度。这点看来，我这个书呆子还远不及他。

　　对户的灯灭了，我也熄了灯。

　　无尽的黑夜里，星光很美……

小满

一

近些年我常常想起一个人，仿佛是一个背影在麦田的尽头兀自伫立。风可以掀起她的裙裾，雨可以让田里的麦子泛黄。

那片麦田无际，至少在我看来是这样，尽头之后也不知会通向哪里，只有一条小路伴随着田地，在很远很远的地方拐了个弯，拐进一个村庄，就是依山的塘里村，村口是塘里河。村里有个叫小满的女孩，比我小一岁，是对门家的孩子，我上小学前，所有的时光都和她一起度过。小满出生的那天正好是小满节气，也是村民忙碌而又喜悦的时候，一缸缸的油菜籽等着去舂打，一窝窝的蚕茧也等着去缫丝，差不多一整个春末夏初的农活都累积在了这段漫长而又充实的日子里，像是过旧历新年一样，家家户户满溢着憧憬与希望。

二

小满是夏天的第二个节气，是江南温婉雨季的开始，是丝丝幽梦的迷离。在这村里，几乎世世代代都是守本分的农民，唯有我爸在邻村的小学堂里教书，我妈是县里学校的老师，自然我的出生在村里尤受"尊敬"，也颇受优待。他们都指望我能考出这个小县城到市里或是省里中个状元，改写村里尽是农民的历史。

"小满小满，江满河满"，小满的雨总是那么惹人，那么悄悄然，那么沉稳而静美，那么明朗而深邃。绿了山峦，黄了麦子，漾了河水，润了大地，它绝不会像春雨一般哀婉而柔情，占着一整日晦暗的时光，洒下失意的期盼；它的每一滴雨水都包含着一段丰收的往事，随下落坠入地面，潜入土里，欣欣然将往事诉说，一点一点拼凑出农忙时节与丰收之季的图景。对于小满而言，有雨就有了生命，但下一阵子就好，也不求多，更不贪多。

一整个小满，倘若大人们到田间忙他们的事去了，我们便绝不会窝在家里，全跑到地里撒野。逛出后门，扯下雨衣，绕过前门，套上雨靴，在前院里朝天一吼，四面八方的门户里便冲出了五颜六色的斑点。我们像被锁在牢笼里多年的鸟儿挣脱一整年没日没夜的束缚一般，欢脱，自在，无拘无束，肆无忌惮。

我和小满便是这么熟识的，一来二去便成了无话不谈的朋友。我们像两片墨色的云朵闹在一块儿，我们每天的事情大概是偷麦子，偷来编成一圈花环。小满会拿麦秆做小蟋蟀，青绿泛黄的颜色倾诉着成长的烦恼。可那时的我们会有什么忧烦呢？担心埋在第二垄田里的一大堆小石头被庆云伯伯锄去，害怕田间灌溉沟渠里的小鲫鱼被住在村口的捞光。我们会在傍晚暮色时分掘一大盆蚯蚓，混上些土，藏在塘里村木桥旁的第一棵枝繁叶茂的大榕树底下，第二天清晨把大头针弯成钩，把蚯蚓挂上便可以直接去田垄里钓河虾。小满是个钓虾的好手，不出半个时辰便可以钓上一大碗。这些小虾是从塘里河游来的，银白色的，还有长长的须，它们着实是水世界里的呆子，见着蚯蚓也不躲也不闪，只顾着弓起身子，优哉游哉地举起两个小钳子，这时你也不需要眼疾手快，轻轻松松便可以拉上一只。可田垄处危险，一不留神会跌进泥潭中。钓虾又颇需要耐心，一钩便可以浪费好几个钟头。

　　小满妈是不愿我们钓虾的，其实如果没有惹人讨厌的塘高老头告密，后来的我们也不足以沦落到连田野都不许迈半步的地步。可我们机灵着呢，他们前门一走，我们就从后门溜出去，钓不成虾就偷偷去抓小虾与田螺，抓来送给卖鱼的龙叔，运气好的时候还能换几粒鱼饵，这样一来连蚯蚓也不需掘了。傍晚假若龙叔早早打烊收摊，为了能

及笄

躲过塘高老头的"贼眼"与小满妈的"搜查",我们就把"战利品"全投入塘里河中,继而什么痕迹也没有了,大摇大摆地踏上归途。

我们也挖苦菜,就是一种长得跟蒲公英有几分相似的植物,绿叶黄花,很好看,花儿是像菊瓣的那种淡黄。

"哎,姐,红军打敌人的时候都吃这种野菜吗?"

有一天,小满突然问我这样一个问题。

"你怎么知道的?"我正忙着捞虾,心不在焉地应了句。

"爷爷和我说的,我爷爷当过兵,老太爷还走过长征路呢!有人还写一首诗,说什么不要忘记苦菜,虽然不好吃,但能填饱肚子。"小满说着,仿佛带有一种自豪,在那个时候当兵是很多铁血男儿的梦想,可以光宗耀祖,还可以有一身让人羡慕的帅气军装。

"还有人会写这般无趣的诗吗?"

"嗯,可能吧。"

小满似乎也感觉到我的不以为然,而后便是无尽的沉默。

苦菜是苦味的——苦苦菜,带苦尝,虽逆口,胜空肠。小满爱极了苦菜,她爱,是因为她爸爸爱,而她爸爸爱是因为爷爷爱,她爷爷爱,是因为她老太爷爱。她老太爷爱是由于在长征途中没东西吃,吃遍了山里的苦菜,从此落下了这喜好，苦菜在他口中早已不是味觉上的苦，而是长征两万五千里内心的万千。当年，他们靠着这苦菜走了多少里荒滩野地、崇山峻岭，苦菜似乎早已深入长征的岁月，像四叶草一样带给他们幸运与幸福，即使困难重重也终有个结局圆满。

三

2010年，我六岁了，小满五岁。一年前，妈妈调到市里的小学，几天回来看我一次，爸爸调到了县里的教育局，住在了我看不见的地方，一星期才回来一趟。

我和爷爷奶奶生活在了一起。在等待去城里上小学漫长的一年里，我天天捞虾抓田螺，和小满一起闹腾，寻找我们这个年纪该有的快乐。

那些草长莺飞的日子，那些无忧无虑的白天与黑夜，金黄与青绿像是永远都不会分离的嫩芽与幼叶，渲染在麦田里、在山坡上，在风雨无尽的洗礼中仍活出最坚强的模样。那些雾气氤氲的清晨与余晖万丈的傍晚，那些头顶上的蓝天与发着光的浮云，那些盛开在记忆里的永远不会凋零的岁月，在年华里洒落了一地的麦穗。

恍恍惚惚世界都已经不在了……

四

又一年小满，我已到了城里上小学，于是日子就这么安静地盘旋在城市上空，一点一点燃烧了记忆中那广袤无垠的麦田，金黄与青绿都在一瞬间褪去了光泽，世界从此丧失了视觉，我的世界是黑白色的，而记忆中的小满依然站在七彩的田垄间，向村庄的另一端痴痴地望，那些匆忙跑过的岁月，它们又重新回来了，而匆忙跑过的我却从此消失在记忆中的塘里村。

麦子又黄，小满的风又吹过了曾经吹过的大地，烈日当头，你什么样？苦菜又长，小满的雨又落过了曾经落过的田垄，雷声隆隆，你什么样？小满，一个接一个的小满从我身旁走过，跳过，或是跑过，飞过，只记得你在青绿色的麦秸拔节的那个小满里翩翩起舞，转身带走一整个城市的雨水，再转身留下微微苦涩的年华。

从前我一直坚信，认真说过再见的人，哪怕分别了再久的时光，终有一天还会相见。

可是，这样的你，那样的我，在多年的日子里，却一直消失不见。所以你就这么在那片麦田里等待着，因为你相信，终有一天，我们都会回来。

我的家越搬越远，一直搬到了浙江旁，而你却再也没有像童年田垄间玩耍时一般跟着我。

五

老太爷去世的那年小满，为了送老太爷一程。我们一家人回到了乡下，小满家搬走了，搬到了离村口很远很远的地方，离麦田很远，离大山也很远。阳光播撒下暖意，无处可寻的是塘里村的影子还有曾经与小满在一起嬉耍的时光。

我去的时候，小满在教邻居家的馒头做功课，那孩子从小就跟着爷爷奶奶生活，学习全靠她帮助。我曾进去看过小满——

"小满，你天天帮馒头补课吗？"

"嗯。"她没有抬头。

"那，那你的功课怎么办？"

她仿佛愣了一下，抬起头，"啊，是姐吗，姐你终于来了啊！"掩不住内心的喜悦，拉住我把我里里外外都看了一会儿，笑着给我搬椅子喊我坐下，有些不知所措，过了几秒又对我说："馒头这孩子聪明着呢，每天的作业不消半小时就可以完成，我自己有的是时间呢，无聊的时候还会带他去捉虾，就小时候那种银白的，也挖苦菜。我也是有空就来陪陪他，他爸妈也不常回来，咱俩关系近着呢。"说着，又摸了摸馒头的头。

"你还挖菜呀，都什么年代了，街上不卖吗？"

"卖啊。"

"那一个月下来，你可以赚多少钱？"

"钱？"她停顿了一下，"我不卖钱，我挖来送给龙叔他们做饭的。"

"那馒头那儿呢？"

她看了我一眼，缓缓说道："我不收钱，我就是帮帮馒头，这孩子也乖，要钱干什么？"她笑笑，想了想又问，"你们城里都收费的吗？"

"嗯，一对一辅导的价格可贵着呢，一节课就要好几百块。"

"唔，"她若有所思地点点头，"挺好的，在城里……这里也好……"又继续埋头教馒头作业。

"挺亏的！"我反驳，可她再也没有理我。

时间真的凝固了很久，我一直坐在小满身旁，却感觉她与我竟是那么遥远，她的世界仿佛和我风马牛不相及。

曾经，我们一同看大风吹过麦田，看白云浮过山岗，我们一同去钓虾摸鱼，去挖菜撒野，那些夹杂着童年还有幸福的过往，来路不明，去路不清，真的，再也回不来了，真的，再也遇不见了。有些情绪，只能发生在我们最透明的年少，于是很多年之后，我们可能也不会明白，并不是后来相遇的时光不长，而是回头时的我们都已改变。

"那个，小满，我先回去，爸妈等着呢。"我终于站起身走向了门口。

"这就走了？也没好好招待你……下次，也不知是什么时候了……"

不知为什么，小满的眼里突然带上了一丝哀伤。

是啊，下次见面，可能我们都已经是白发老者了，时间再也不会等我们长大，它早已飞逝跑向了前方。

"哦，这把小扇子送给你，我在西湖边买的。"我从兜里掏出前次去杭州比赛时的奖品，既然没多少用处，就干脆送给小满做个纪念好了，更何况上面还印着小满时节的景致。

"谢谢姐，我也没有什么东西可以送。"她想了想又说，"去年小满的时候，我曾画过一幅麦田，你知道的还是那种黄绿交错的颜色，现在还在家里摆着，只是没有你的贵重。你等等，我去拿好了。"她不好意思地笑笑，转身跑开了，她那跑步的姿势，还和好多年前一样，一转身便没了影。

后来的事，我也忘得差不多了，只记得她的裙摆在初夏的风里一直地飘，身后是成片的麦浪。

六

年幼的时候，在书上学过二十四节气表，那四十八字到如今仍记忆犹新。立春的年味，夏至的冗长，秋分的寒

及弈

意，冬至的汤圆，都成了一天一天、一年一年过去的印记。

"夜莺啼绿柳，皓月醒长空。最爱垄头麦，迎风笑落红"（宋·欧阳修）。有小暑与大暑，有小寒与大寒，有小满却无大满。当时的我并没有如此在意，因为曾有个叫小满的女孩悄然住进过我最别致的童年时光，像潮水一般在我心头又涨又落。

长大后，我读到了写小满的诗，看过了画小满的画，回忆过麦粒饱满水稻抽，想念过蚕结新茧桑葚熟，留恋过菜籽春游苦菜秀。小满小满，物至于此小得盈满！

再后来，我与小满在年年的初夏相遇又从没见面，曾经属于小满的一切，在我的世界里再也不知何去何从，直到那年又像两条线相交于一点，可短暂地驻留后，又各奔天涯。

直到近些日子，数着又一年的小满即将来临，我又忽而忆起了曾经的那个名叫小满的朋友，忆起那白色裙子长发披肩的伙伴，想起她送给我的那幅画，画着一个孤独的背影在麦田的尽头里兀自伫立，想起她陪伴过我的童年与最后一次的见面，想起她对馒头的认真、对世界的善良……我还想思考，想回忆，泪水却在一瞬间夺眶而出。当年那个不懂事的我与那个成熟的你，当年那个天真的你与那个只顾用金钱来衡量时间的我，我们越走越远的宿命好似早已像一串暗码一样被我们自己认认真真改写好，又随随便便按下了保存键。不，不是我们，是唯独我一个人，是我被城市蒙蔽了眼才会把温情用金钱的刀子去裁剪。

……是我……不是你……只是我……真的只是我……

我此时，只想借着炉火的温暖给你写信，告诉你这里的小满，雨季将来未来，窗外的事物，像我的落笔，轻暖而耐心。

那些我们以为发生过的事物，仿佛从来就没有发生过，那些我们所怀恋的时光，愿一直停留着。

人生最好是小满，花未全开月未圆……

后记

多少年前，我在与狂想抗争。

我被认为是那样一个古怪又奇特的女孩。无论何时何地都会进行这一场不一样的头脑风暴，我会想很多事，会想很多人，会想生活的一点一滴。于是，它们就像一条条河流，密密地交际在一起，涓涓地流过我自以为成熟的心灵，最后汇聚起来，形成我庞大的青春。

年少的狂想，就这么仓促而富有诗意，奇妙而无拘无束。在这里，多少篇风格迥异，行文也截然不同的组合，属于十五岁的小心思都藏在其中，悄悄地读慢慢地看，你会发现我所思考过的你都曾经遇见过——或者未来，你也会经历。

多姿的乏味的美好的落泪的奇妙的单一的短暂的冗长的孤独的温暖的无奈的顺心的有光的失望的迷惘的奋斗的懵懂的明晰的青春。因为这些狂想变得与众不同，然后走走停停直到玉兰雨落，小满未至。

　　路还长　对不对 / 得让后来不一样　不一样 / 她好想　跟随光 / 一起闯

——孙怡《等光》

岁月·颜色

那些记忆都带着岁月的颜色

让我的生活永远延向那个没
有跌宕的夏天

黑色

他来的时候，这个世界是黑色的。

他不知道别人是否眼里有光，他也不认识这个世界。

世界，是什么？黑暗中，他辗转反侧，思考着别人不曾思考的问题。

那年，他七岁。

往后，时间就如游丝一般穿梭。

他曾无数次在心中描摹世界的模样。他向往耸立的楼宇，崇拜巍峨的大山，他的世界只有一个人也永远不觉得孤独——还有谁愿意接受黑色，终日终夜的漆黑。

他一直想做一个画家，做游走山水自由自在的行者，可惜……这样的生活终与他无关。

于是，我向他承诺，多年以后要是有朝一日相遇，我一定带他去西湖边走走。直到有一天，他看见灰色与黑色交织而过的天空。太阳像刀一般割过了他的眼角，那是光，残忍又温柔。

有些不适，他匆匆回到屋里，拿起笔，摸索着找出白纸，想要记下那一刻的五味杂陈。眨眼，睁眼，世界依旧是黑色……

忽然，他看见了，白纸上一道黑色的印迹，那么耀眼，像一道闪电突然击中了他的心脏。

真的，视野里不再只有干净的黑色，有浅灰，有苍白，一层一层，虽然单调也弥足珍贵。

这种特殊的幻觉仅仅存在了几秒，又跌入了无限的黑色。

从那天起的日子里，常常有不知其源的水墨色彩漾入他的眼前，像秋雨一样，落开一片一片涟漪。幻觉转瞬即逝的时候，他总感到有什么莫名的东西牵引着他，拉着他在清晨或是在落日下肆意奔跑——有微风的轻拂，有麦浪的清香。

很多年后，我再次遇见他。

他的世界早已成为永恒的黑白色，像褪了色的旧报纸。青春有多丰富多彩，他看不见。

于是，没有人发现。

他的眼神那么清澈，眉宇清秀，却有谁知道他的生活从来都没有过缤纷的色彩。

他还是那么努力，一本又一本的画册，突兀的搭配在他这里竟如此自然。

多年前他栽下的梦想，已经长大，而我对他的许诺却

及弃

一直没有实现。

西湖离我那么近，离他却那么远。

我笑着拉住他，要带他走遍整个他心之所向的杭城。

他却摆摆手，

转身，

他走的时候这个世界没有了颜色。

白色

　　他所认识的这个世界是白色的，一尘不染的白。他从小就喜欢穿白色的衣服，尤其是白色衬衫、米黄西裤，童年的天真、浪漫就这样浅映在他干净的衣袖上。

　　"真好。"他喃喃道。

　　白色就像他的心情一样简单。

　　当其他的孩子学会在白纸与白墙上涂鸦时，他却早已把他所拥有的无数只画笔锁进抽屉。五颜六色的蜡笔给他带去了太多的烦恼，总是举棋不定，拿了这只又换那只，因为在他眼里，未被画过任何一笔的素笺才是世间最美的画作。喜欢白色让他总是那么任性。

　　两点一线的生活乏味而单调，家与学校的距离总是那么遥远而漫长。清晨出征，日暮归途，他永远兴奋得像个孩子，虽然他的年纪也不算太大。"这样的生活多普通，有什么好洋洋得意的？"遇上他的喜悦，总有人这么问他。而他也永远只是笑笑，白天追赶黑夜是他最愿意看的风景。

　　早上的时候，世界都是亮的，我们也都是透明的，需

及笄

145

要别人的时候不用在黑夜里摸索，因为我们看见的永远都是整个世界——而他爱的正是这个世界所拥有的所有白色。

　　直到有一天，他滚着满身泥泞从学校归来，曾经雪白的衬衫上东一点、西一块，全是风干了的泥团子，土黄色的印迹，让他显得那么不自然。

　　第二天，我再遇见他，仿佛他已经不是站在白色微风中的那个单纯的小孩。

　　他拖着一件长到膝盖的深蓝色棒球服，宽大到像被装在一个巨大的袋子里。白色让他被学校里的同学定义为女孩子，在昨日下午的课间，他硬是被一群校霸们推进了刚下完雨的泥潭。他告诉我，昨晚，他想了很久，决定再也不喜欢白色，再也不与白色相伴。

　　说完这些，他眼里闪动着骄傲的光芒，一闪又一闪，最终湮灭在涌上心头的苦涩。白色，那个陪伴他走过了整个年少的颜色就这么永远地走了，一走或许再也不会回来。

　　他沉默了。我再也没有看见他任性地穿上白色的衣服。

　　毕业那天，我们都穿上了西装——白色衬衫，米黄西裤。在那身衣服里，他似乎还是那么单纯，像是曾经的时光。可那种幻觉仅仅存在了一时半会。说再见的时候，不管我们泪流满面，他第一个解下领结。

　　我看见他把那套衣服叠得很好，那么小心地放在纸袋里，也似乎看见他眼里的留恋、心里的不舍，可成长就是蜕变啊，一瞬间你会明白时光匆匆而去的所有意义。

　　稚气的少年幻想着未来／一尘不染纯白色的年代／那个
陪伴我成长的男孩／还好有你在……

——汪苏泷《那个男孩》

及笄

红色

他喜欢枫叶，红枫，只有秋天才有的那种颜色。

一出生，他的家门前就只留下了一棵树，母亲走后，曾经郁郁葱葱的那棵树便在不经意间落叶萎缩，不出几日就只留下了一具骨架子，再也没有苏醒过。

他是跟着邻居家的小孩一同长大的，爸爸在他一岁时就娶了新妈妈，把他丢给了他当时仅存的一位亲人——他的奶奶。可没过多久，奶奶走了。

他从不敢想那个冰天雪地的夜晚，他伏在奶奶身旁，看着风吹熄了房里的蜡烛。他就这样无声又寂寞地看着死神死死地拖住奶奶的裙角。在黑暗中，他害怕地挥着拳头，只可惜，那个往常会把他冰冷的小手摁进被窝的奶奶再也没有这么做……也再也不会这么做。

奶奶走后，家门前的第二棵枫树已有了枯枝败叶的意思，但它仍坚持着，在新一年的春天长出了一小点新的嫩芽。好似这一点希望，他在大风中走过了他的半个青春。

他上了学，一个人的征途。

三点起床，去田里抱个蔬果下饭，再喂一头猪，养一只鸡，挤一杯奶。看着它们一口一口吃进了前一个晚上从食堂里讨来的剩饭，满意地回窝继续睡觉——五点，上学。

十九点，他背着一书包功课，后脚紧随前脚，仿佛稍一不留神，他便会晕在田垄之间。暮色沉沉，无人知晓，话说回来即使日上三竿，也不会有人注意。他会在八点二十三分到家，时间仿佛永远这般精准，然后去看他的一头猪、一只鸡，还有那个老是不产奶的黑牛。他会无所顾忌地仰躺在它们中间，扎在满是沼气的草垛里，想沉沉睡去，忘记这一整天——但他真的做不到。

真的，一切都像一场梦，梦醒了，所有美好都湮灭了。

那教室门前泼下的冷水，那黑板前扑面而来的粉笔灰，那可以随便处理的用品，那打火器点燃过的还散发着死蚊子气味的发梢。

那口香糖粘过的试卷，那被剪刀撕扯得七零八落的衣领，那泼过油漆的校服，那被当作草纸，被折成纸飞机的作业。

那铅笔盒里的天牛，抽屉里的鼻涕虫，那书页间的死蟑螂，那书包里的活蜘蛛，那不管做错什么永远都是一个人的错误的嘲讽，那连拉带扯、左呼右唤的挑衅，那在墙角异类、疯子、白痴、窝囊废物的叫嚣，那避而远之的有意排挤，那出一点小事就满校皆知的风云。

那棍棒兼恶狠狠的眉眼，那遍体鳞伤的苦哀，那头晕目眩的迷茫与满身淤青的疼痛，那砖头砸过的头颅，那钢尺拍过的手臂。

黑暗中，他喃喃，用那近乎绝望的声调："你们都一样，都不是什么好人。"

太阳打西边起的时候，世界是红色的，没人知道那到底叫做朝霞还是余晖，因为无论是何者，于他，世界都一个样。

死了有什么可怕，死了才痛快呢。活了死着，你们又不会变。

刻刀的影子被乌云缝里的阳光照亮，银白色的，那么亮眼。门前枫树的叶子像血红的手掌，死死地压着那把白惨惨的尖刀。

闭眼。

他曾最喜欢的秋风吹过，带走了那片红叶。

睁眼。

一道。红色。

他才相信自己在这之前一直活着。

黄色

他每天看到的世界都是东方吐白，还有日落山岗。

来来去去都必经的大桥上点着昏黄的路灯，来时如此，去时如此，一直都没有变过。明晃晃的灯影投落在单车上那个把脸一直向着窗外的他身上。亮，灭，亮，灭……顺序不变地惹人烦厌又令人难受。

这是第几次驶在这条路上了，他想。

应该，有好久好久了吧。

久到，连他也不敢相信，自己竟然在摔跤这条路上可以这么无畏地从不回头。

对岸的灯火渐渐明亮了，似乎第一次看到门店前亮起的灯笼已经是五岁时的事儿了。那天，就是在这里，他和体校的负责人签了合同。牛皮信封包住的一纸合约，就像一张大网，把他束缚在灯光昏暗的运动场，同时包裹住的还有他的惊异与迷茫、喜悦与恐慌。从此他日复一日见着凌晨四点的都市还有夜半三更的星火，除了繁重的学习外，他还要加练，要备战一次又一次的挑战赛。

及笄

他会一直记得他人生中的第一次比赛。因为那年，他十岁，瘦弱而渺小，对手却只有九岁。比他强壮，也比他想赢。

尽管结果似乎早已成定局，昂首挺胸迈向竞技台。可最终被打得鼻青脸肿，身上火辣辣地疼。台上的大灯将空气中的尘土都吹成土黄的颜色，在一声又一声的呵气中四处飘散，终落向地面，哀尘满地。对手鄙夷的挑衅，观众的起哄一声一声侵入他的五脏六腑。随之坠落的还有他游离的信心与坚持向前的动力。

真的，第一次的失败太弥足珍贵。在矛盾的岁月中，时间都那么漫长，一点一点磨平了曾经所拥有的希冀与期待，再落入难以爬出的低谷。这一跌，又是匆匆五年。

这五年，他哭泣过，后悔过，气馁过，感慨过，恐惧过，失望过，他一度认为自己从来都不是摔跤的料，他甚至开始懊悔当初的选择，厌恶自己竟然在一项几乎不可能的事业上浪费了那么大把的时间与精力，仇恨那一纸合同以及体校日复一日的乏味训练。

会有谁知道他内心的苦，思想的痛。

而他，还愿意让那些失落的梦想折磨自己多少次？

直到有一天他同往常一样，从必经的大桥上匆匆而过。昏黄的灯光像黑暗中的烛火，亮，灭，亮，灭，顺序不变地惹人烦厌却发人深思。

"很久之前，我似乎也这么想过。"他喃喃道。

那次，又是多久之前？

一转眼，早已是五年。

不要忘记你是怎么一步一步走到今天的，他沉默了。

这个世界充满假象，唯有痛苦从不说谎！摔跤所磨炼的一身武力不能时时刻刻保护自己，因为总有那么多的敌害痛击在心。苦痛所存在的意义，或许就是让你战胜自己所一直拥有的恐惧，在面对失败与挫折的时候，还能勇敢地抬起头，目视前方；在被受伤与磨难击垮的时候，还能咬牙坚持，永不言弃。

路灯又在闪耀，照过了他的半个青春。而这十五年，也正因为有喜有悲才尤为珍贵。我们的一生也要面对无数的坎坷，却只有不惧摔跤勇往直前的人会有所成就。每一次跌倒都是下一次站起的片头。

我／从不怀疑／自由轰烈的活力／满怀梦想和诗意／Forever young……

——杨洋《Forever Young》

蓝色

他总是很忙，闲下来的时候喜欢去湖心垂钓。

看着蓝蓝的湖水与蓝蓝的天空连成一片，像一缎锦绸从天际飘来，把呢喃的梦幻的紫蓝色梦境送给人间。这蓝，蓝得舒服，也蓝得坦荡。于是时间仿佛在这一刻慢下来，成了七零八落的珠子，每一块都是宝石，闪着晶莹的蓝光，一点一点落在记忆的河流里，光彩夺目，熠熠生辉。

他总记得清晨那片宁静又美好的贝加尔湖，湖上的薄雾，早起的水鸟，朦胧就像一曲仙境。他总是在手机中循环播放蓝调，忧郁的，干净的，让天空与湖面都被谱成了那首寂寞无言的歌。他总会低着头，不管是摆弄他的钓竿，还是低头沉默，我看见的只是他眼里透着的那种蓝灰，柔和的灰，清冷的蓝……你知道吗？只要你抬头，你就会看到那抹蔚蓝，甚至是天蓝。即使感觉是悲凉的，也是那种终会苦尽甘来的痛，恍惚间，就会唤起你曾经的记忆，抑或是曾经的幸福。

很久很久以前，我第一次遇见他是在云南的蓝月谷，在高耸的玉龙雪山脚下。那里奔淌着从山上融化的雪水，甘甜，澄澈，水中倒映着一尘如洗的天空与白雪皑皑的山峰。他站在石阶上，眼神迷离而空洞地望向远方。他的笑极浅极浅，却像湖水那样用一抹熟悉的色彩勾勒出心动的符号。他那时便已十分成熟，带着难以言喻的伤感，回荡挥之不去的旋律，漾起无法释怀的悲伤。我知道，他一定在回忆，在回忆，只有回忆……

命运总会拨动人最不愿触碰的心弦，奏成更悲伤的蓝调。

不知从何时起，他喜欢上看云，云卷云舒，岁月漫长。更不知何时起，他痴迷于垂钓，一叶小舟，跌宕沉浮。但喜欢到最后，我才发现，他喜欢的仅仅是一份孤独而已。

人生在世，其实我们每个人都是在垂钓。但境遇不同，追求各异，垂钓的人生也迥乎不同。有人钓功名利禄，有人钓清风明月，有人钓市井生活，有人钓田园闲居……何种所喜，何种所悲，还有究竟钓上了什么却只有垂钓者自知……可那男孩，钓到的仅仅只是一点儿孤独吗？

我想了很久，但这个疑问，只能由他一人回答。

垂钓不上钩的鱼，是因为从来就没有撒下的饵，上钩的难，像极了泛着寂蓝忧伤的四季。在我们向前的路上，总会成为这样一个人，爱上一份不知何去何从的蓝，把无奈的忧伤都压制到了心底。

　　而这所有，不仅是成长的必须，也是在忙碌中休憩的理由，千百次的纠结与矛盾，但会被一汪潭水化成一缕清蓝。

　　就在某一天／你忽然出现／你清澈又神秘／在贝加尔湖畔……

——李健《贝加尔湖畔》

绿色

他不喜欢这个世界，真的，一点儿都不喜欢。

他尤为讨厌家门口的两棵树，一棵是老槐，另一棵也是老槐。夏天的时候，老槐愈发的苍翠，从树根到树顶的每一片叶子每一条枝都通透着生机。可他只能对此愈发的厌恶。老槐树也似懂非懂地向两边分离。周围的每一点成长，与他都是莫大的伤害，因为在刚刚接触到这个世界不久，他就因一场车祸，从此失去了右腿。长大对他而言就是遭受更多的伤害，他不能接受别人所拥有的健全的身体打拼出人生的一番天地——死命地捶着可恨的左腿，他真想车祸可以带走他的生命，再也不用接触这缺乏美好、满目疮痍的世界。可世界，就是这么残酷，在你最幸福的岁月，让你消耗完近乎全部的好运，你会失望，会绝望，谁会不在意那一时沉浮？

可还好，这样的日子终有个尽头对吗？上帝看你活得太苦，会给你些许起色。

他就这样遇见了她。

那是一个永不弥散的夏天，整个田院都跃动着成熟的气息，麦子由绿泛黄，葡萄爬上古墙，又在栅栏边抖落一串青绿，荷叶抽出新的嫩绿尖角，两棵老槐树从门两边向四周肆意生长着，渐渐布满了窗前的一隅天空，那新发的柔弱的叶儿被夏季的风吹得七零八落，却在晴空万里下，把阳光剪成细密的碎片，刻成点，抹成雾，于是这院子就醉在一望无际的绿意中，在闲适与自然的遮掩下暗暗涌动着生机与活力。

他在西边的栅栏旁停下了脚步，背倚着，就这样望着整个世界发呆，发呆与恼怒。看着满目尽是单一却又复杂的绿，感觉潮湿而清新的夏风送来闷热而清爽的气息，日暮的太阳把一个影子拉得很长，他看着自己左右不对称的双腿，沉痛地叹了口气。忽然，他发现被拉长的影子似乎不仅仅只有一个。

他转身看见有一个人就背对着他，向着夕阳坠落的角落埋头读着一本密密麻麻布着小字的书，成片的绿影在风佛下掠过她的头顶、发梢、书页，低低的太阳，带着神秘的斑点，照亮了她的面容，又将那种迷离缀在他的脸上。仿佛做了一个遥远而悠长的梦，绿色会是主色调，让他沉醉之后再也不愿醒来。

"她在看什么呢？"

他自言。

像是一则美丽而奇幻的故事。

故事中有一位性情古怪孤僻的女孩，还有一位常年被关在阴暗房间里病痛的少年，他们在一座禁闭却荒芜的花园中经历了诗意的复活。他寻思着，直到太阳落尽了山头，夜色吞噬了白昼。

后来，是又一本书。

故事中每个人都过着千差万别的生活，被急速到来的世界冲撞得看不清未来，逆境就这样接踵而至，改变了每一个人的人生。在离夏天最远的地方，十年青春被一点点发现，却只有记忆成为永恒，经历蜕变为成长。

他就这样小心地在她的身后，看着她手中的书，看着太阳每天一点点下坠，看着立夏的绿意与温暖渐渐浓为大暑的浓郁与炎热。他用每一个短短的下午去用心读一本长长的书。也许他知道有人在等待自己的成长，所以就会变得这么勇敢坚强。

他所看见的世界，老槐树是流动的绿色，阳光变得透明，一切都很微妙，于是眼神有了温度，手心有了潮湿。他第一次发现，绿色竟是这么清新而自然，像极了所有错过却终可以弥补的年少时光。

蓝色在遇见黄色之前，从来都不知道有种颜色会本身像绿色一般简单又自然。蓝色遇到黄色之后，也从来都不会知道有种颜色形成会像绿色一般朴实而浪漫。所以总有

及笄

一场遇见，会悄然改变你，即使看上去真的再微小不过，也会造成翻天覆地的不同。

书籍就像一盏明灯，点亮了生活中的征途，那些书中的故事就那样鲜活地跃动在记忆中，不知不觉潜移默化。所以，走着书中人走过的路，你总会慢慢惊讶于你面对困境的态度以及选择道路的信心，因为今后的路，有前人的借鉴定会更好。

回忆的画面／一遍遍沉淀／伴着我们勇敢冲向明天……

——DXT组合《为梦掀起风暴》

后记

写在这里的每一种颜色里，都有那么一个小故事，或许是真正存在于我的世界里，也或许是只活在我的想象中，但无论如何故事的主人公都带着属于他们的一抹色彩，漫不经心又认认真真地涂鸦在了我那原本一尘不染的画纸上，勾勒出生活的太多不一样。

于是，在写作的时候，我也仿佛走在了他们走过的路上，一点一点感受那些所谓的不幸与幸运、喜悦与悲伤。那些记忆都带着岁月的颜色，让我的生活永远延向那个没有跌宕的夏天……

希望在十五年之后，

你们所拥有的颜色，

能再一次缤纷我的又一个十五！

及笄

碎月 · 吾诗

倦鸟牵起涟漪，月光就碎了
有太多的诗句，遗落在梦里

引子

都是小心翼翼的温柔
和大大咧咧的坚强

写诗的时候
总觉得有阳光
即便大雨倾盆
也会让一生变得美好而漫长

写着写着我醒了
觉得什么都是假的
可我还是愿相信世界
写着写着就睡了
是什么成为思想的主角
一眨眼就上了没有终点站的公交

那些不成篇文的字字句句

及笄

浙江少年文学新星丛书

第六辑

全是我会呼吸的回忆

每一页的晴晴雨雨

会遇上走过路过的沉迷

吾诗……

知更

来者

我就这样匆匆而过，

成片的火焰云吞噬了天空。

广玉兰是鸟儿的天堂，

晚高峰，嘈杂交织着喧闹。

最后一抹夕阳无力地落在树梢。

晃动我的眼。

我努力地装作高傲，

却沉重地披着暮色。

心创

不期而遇的是知更，

胸脯前泛着点点橙意。

你这样手无寸铁地任重力牵引，

怀着不知所措坠落在大地。

眼睛很明亮，
像澄澈空明的河塘。
散布着羽翼的泥地，
包裹着铁石心肠。

波斯菊的秆，樟树的枝儿，
三叶草的柔软怎能经得住你的重量。
庞然大物的脚边，你
像是侏儒一样，
悄无声息地哀吟，
只看见你微微起伏的胸膛。

你的眼睛瞪得如此恐惧，
写满了世事无常，
双脚颤动着分秒，
双翅抖落了慌张。

你在等待，我在静默……

呼唤

听罢,

树上的朋友或许已在寻找,

"扑零"地撞击着呼啸的风儿,

叶片阻挠着风雨的来到。

依旧无人留意渺小的你,

送快递的人开着电瓶车而过。

旋转的车轮带着痛苦的讯息,

我想带你离去,

却又不知如何带你。

你不是危险的生灵,

也不是寒冬的冷意,

你写出的渺茫,

呻吟出的哀伤,

有人却感到惊喜。

你在招呼着死神,

你在召唤着斧头,

你在等待着天使的吻,

追溯着人生百态。

来往的人烟稀少了，

死亡的凝视。

践踏

我着急得不知所措，

和你先前一样。

可你此刻的淡然，

却使万物保持着缄默。

你灰色的尾翼又开始狂抖，

灰白白一片。

灰茫茫一片……

目测44码耐克，IphoneX，

175cm，75kg。

眼镜，衬衫，短裤，平头。

胸前是恶魔，

碧绿的头发，狰狞的面孔。

空间倏忽压抑起来，

天地沉重得似乎快要重合。

绿灯在倒数，时间在流逝，

黄灯，

红灯亮了。

惊慌地啼叫刺破黑夜，

月光惨淡如水，

路灯把影子拉得高过了树梢，

仿佛要下雪，

还是要下些什么冷冻人心的冬雨。

手机里暗藏着胜于百态的风景与风情，

视线滑不到土地。

你怒而飞，

却没能若垂天之云，

你又倒下了，

惊悚，恐惧，

慌乱，痛苦。

及
笄

思索

你眨巴着眼，

胸脯起伏得更弱了，

点点橙意支撑不起生命的脆弱。

你是离去了吗？

我问。

眼睛空洞而无神地瞥向了我。

你是离去了吧？

我想。

仍然没有人注意到你，

带点余温的躯体在冷风中风干得那么快。

清洁工下班了，

路人离去了，

广场中歌舞升平，

喧闹又起。

我依旧静默着，

戴着面具看着假面的社会。

善良地笑了，

遗落满地丑恶。

我错过了一次善举，
而我原可以救起。
我错过了一个生命，
脆弱得不堪一击。

我依旧沉默着。

尾声

思绪翻滚，
像多少正值青春的少年夜奔。
在黑夜里，我被掩护着落荒而逃，
黑暗包容着太多不堪的人事，
它更了解人的痛苦。

我逃出去，活下来。
万户掌灯，倦鸟归巢，
只留下无力的宣言，卑微的抵抗。

我对峙着，

每一秒长过一秒，

黑暗透亮绝顶，空洞无常。

我还是走了，

不留痕迹地走了。

或许我还不敢确认你是否是一只知更鸟，

但是我保证，

你点燃了我内心的三更。

黑夜快过了，黎明即起。

而你却冰凉了，我沸腾了。

愿世界将万物温柔以待！

阳光总在风雨后

黑暗统治着无端的世界，
白云变得暴怒无常，
残存的夕阳被挖去了五脏六腑，
呼啸的狂风扎向大地的心房。

坐在机中仿佛流离失所，
杯中的黑咖啡跳着舞，
不留神便越过高高垒成的铜墙铁壁，
周遭弥散着硝烟，枪声四起。

众多的水珠张牙舞爪，
像尖刀深深划过天际，
周遭除了战火一无所有，
单枪匹马静候向前的讯息。

狠狠地打了一架，

及笄

打得鼻青脸肿两败俱伤，

乌云屈服着向后退去，

起伏的山脉笑它的懦弱。

于是我们冲破雾霭，

清晰那些还淌着鲜血的伤口，

河山若隐若现，成片的火烧云

像狗皮膏药。

阳光肆意张狂地笑着，

恶狠狠又充满热情，

炽热的火焰舞动着，

仍温暖得像大地的胸膛一样。

默认

我不属于这个新生活，

但新生活属于我，

这算不算是爱与被爱的关系？

看来，

并不是所有事物都存在互相作用啊，

我们只是常常被迫着默认罢了。

女人

那年那日那片海域，
那人那事那段情。

警车的汽笛喧嚣，
她懦弱而渺小到孤零地立在街旁，
一个男人凶神鬼恶地盯着她看，
袖子被扯开了条大口子。

疼得满身是伤，
苦得满心是泪。
这不再是曾经的夫妻，
是冷，
是愤怒，
在这个仿佛荒无人烟的国度。

大海汹涌地一如昨日，

她徘徊而又走投无路，

忍辱负重接受海水的洗礼，

却想起啼哭的孙女掩面叹息。

大海啊，

倘若终有一日你吞噬了这女人的骨骼，

不要抹去肉体上的伤痕，

这个曾一起打拼天下的男人，

如今早已物是人非。

大海啊，

倘若终有一日你吞噬了这男人的骨骼，

他所有的过错，

即使一身污秽升了天灵，

也没有人会记得那个痛苦的女人。

没有人敢说这是罪恶，

却有那么多人承认这是造孽，

女人的上辈子修的是什么福分，

今生被迫要忍气吞声。

八月十五的大潮翻滚，

岸边有一位女子踌躇着纵身一跃，

天使会拉住她坠向土地的身躯，

再把邪恶的魔力推入火坑。

破鞋

熬过一段响铃
一黑板笔记
一场玉兰落雨

我的鞋儿破了
却没有什么东西来遮掩
我会用针也有线

这鞋啊
谁曾说要穿整整十年
步入大学迈进社会
这鞋啊
谁曾带它跨穷山恶水
坎坷低谷耀眼山巅

我的鞋儿破了
十年只有一双破鞋

晚餐

吃饭的时候，
桌上没有我的碗筷，
汤是火烧云的颜色。

想和自己作伴，
但这个世界需要顺从。

河

不要去追问太阳

昨天的事情

昨天已不属于这个世界

只有一条小河流淌

现在，河边再没有彼岸花

夏天也已经到了尽头

没有起伏的夏至

只有一簇杂草，几点荆棘，满塘芦苇

那些芦苇花荡过的日子

我们走了那么远

去寻找落日下的小灯

你说，就在大海金色霞帔的身旁

是的，风偷去了我们的桨

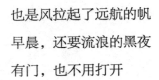
也是风拉起了远航的帆

早晨，还要流浪的黑夜

有门，也不用打开

我看见鱼在飞

看见鸟在游

却多么希望有那么一刻成了盲人

看不见河水奔流，只听见她的歌声

白昼，清闲了眼

使我们相遇的

不是漫长的光明

而是短暂的黑夜

夜

开灯的时候

我才发现夜晚是黑色的

浙江少年文学新星丛书

第六辑

追梦者

那是一个神话　承载梦想

秋雁传书　陌路萧郎

折柳送别　酒入豪肠

曾经的　美好的　无处藏

宫商角徵羽　心中温暖乘风破浪

素贞许仙　断桥相会

小小阮郁　断魂西泠

万里跋涉　五千年情怀

青山绿水　古国的风采

又是一个故事　挥手展开

活力之城　心潮澎湃

拥江发展　不禁感慨

如今的　自豪的　朝我来

Do re mi so la　心中力量永远存在

便捷时代　阿里吉利

丰富生活　华数网易

电商中心　七十年建国

名企重镇　四十年改革

是昨天　不怕征途万里路迢

在今天　勇敢向着未来报道

当明天　收获梦想幸福怀抱

金桂开花　西湖波渺

香樟落果　钱塘浪潮

我们都是追梦者

怀揣希望航行新时代

碎月 · 吾思

数星星的时候，
把月亮弄丢

眼泪来不及思考，
微笑惊动了心跳

引子

所有的低谷都曾是定点，是无尽的深渊与无尽的仰望，让高处与低处对峙，让沉思与沉默的对话继续。我可以耐心等，未来可以来得再慢一点儿，只要不再孤独；我可以兀自思，有些人有些事就是孤独，只是好奇未来。

人生总会有不期而遇的温暖和生生不息的希望。

吾思……

当下

开学的时候想着放假，放假的时候怀念开学。人们总是这样，在经历日复一日的折磨后才开始憧憬日复一日的美好，然而美好的实质，从另一个角度来说也是一种无奈。其实这两者的关系并不是简单的对等，还有一种身在福中不知福的神秘效应。我们常常把事情想得太过于完美，但当我们涉足其中才会深知事情并非那么容易，也有可能残缺不全。

还要重复那么一句熟为人知的话"活在当下"！

极限

　　很多人不知道怎样定义极限，有时候我也一样。我一直单纯地想，人体的最大限度便是某一样事物的尽头。在哪里，面对翻越不去的山脉，面对穿越不过的大海，退缩也需要百分之一百的勇气。身心分离总是一种狂妄的表现，街头的报亭醉醺醺地想要昏迷，前行的脚步都来自挑战极限的信念，可有了决心却不一定能往前。人生是如此悲苦的一场修行，相对于极限，别抱有太大苛求。

　　尽能则无悔，尽心则无愧！

离开

　　或许是免除尘世的狭隘，也或许是为了开阔自己的视野，尽管饱经风霜，我想，该离去的时候就要选择离开。有时候做到口是心非很难，有时候做到知行合一也很难，有很多人说舍弃一切放飞自我是不现实的，但既然选择了就无所谓失去。时光会打磨一切伤痕，但有些真的不会，想到《基督山伯爵》，想到《哈姆雷特》，想到那么多不堪的往事。

　　即使真的启程的那一刻，就被注定要不再拥有，也但愿所有离开都不是曲终人散。

命运

当你一帆风顺时，她撩动你的发梢；当你踌躇不前时，她轻抚你的双肩。不能说她真的留意到了你，但你的所有她都看在眼里。过于安逸，她不想就此毁灭了你，便让你受伤哭泣；过于艰辛，她不想就此了断了你，便让你爬起前行。

离你最近的地方，路途遥远，最美的风景在最平凡的角落。

柔情

我们喜欢做这个世界上最柔情的人，曾几何时。

我们看乞丐乞讨，看陌生人奔忙。

每一段记忆都有个未了的宿命，有一个神奇的密码。

相逢甚喜，不肯相忘于江湖；

相别甚忧，不肯相离于尘世。

我们总是不舍，也总是伤悲。

生活

    分秒很短，一瞬好长，我们哭着醒来又哭着遗忘，生活是一本如何翻都翻不到尽头的无字天书，有心者记录成之，无心者一笑而过。

一天

想要给自己贴上幸福的标签，想要帮自己擦除所有的烦恼。我该如何去度过一天，充盈而又朴实，简单而又善良。咬完一天，像咀嚼一块苦涩的黑巧克力干面包，是早已在白天黑夜的洗礼下风化后的结局。

倘若回忆苦涩，那就别去重温；倘若现实残酷，那就别停留在此刻。永远不要奢望一步登天，长远的目标来自生活的历练，志趣的高远来自艰辛的锻造。

不为往事扰，只为余生笑。

远方

生活不止眼前的苟且，还有诗与远方。

诗我们由灵感而定，远方我们却需要用自由限定。

有时候明白不了远方的含义，只崇拜那些喜欢追逐梦想的勇者。

大海的尽头，高山的巅峰，草原的无垠，这些都是远方；

飞向神秘太空，出版畅销书籍，解决千古难题，这些也都算远方。

远方很远，也很近，目标很大也很小。

远方不一定美好，也不一定空虚；

现实不一定残酷，也不一定渺茫。

既然选择了远方，便只顾风雨兼程。

浙江少年文学新星丛书

第六辑

知识

　　牛顿给了我一颗熟透的苹果，巴氏给了我一杯新鲜的牛奶，可我还是不理解地心引力与杀菌疗法。别人给予你的东西，除了知识，其余都算做一无所有。而知识倘若未经过锻造与磨炼，也将使你身无分文。

自己

1

就那么随心所欲地做自己，天的高度由你限定，地的深度被你选择。尽管活在自己的世界，任凭每一时刻的喜怒哀乐，只要你拥有自己，就拥有了世界。陆止于此，海始于斯，奔跑的自己是否早已蒙蔽了双眼。其实所谓迷惑，都源自内心的渺小，敢于征服自己，才能让世界爱上你。

没有人在乎你让别人失望的理由，除了你自己。

2

你不必为了顺从别人、讨好别人而扭曲自己，永远不要为谁改变，没有人值得你委曲求全，也别在乎他人的指指点点。过好自己，过好每一个懵懂无知的瞬间，你知道自己有多少能耐，也知道自己有多么厉害。像大山一样挺起自己的身躯，尽管不巍峨也要昂首阔步向前奔去，内心的强大永远胜过外表的浮华。

及笄

3

　　生活与学习的压力不断增大，生活的烦琐事情不断增多，我们会不会在当代社会中难以寻到那星点方向，在黑夜里沉沦，敏感，与沉默为伴，抑郁悲丧，抑或是花天酒地，自甘堕落，结一群狐朋狗友潦草度日。

　　那时，我就总想到叔本华的一句话，"人生本来没有意义，在这个世界上我们觉得产生意义的那些事情，最终对于这个宇宙的变化总是微不足道。"即使觉得特别沮丧，但我还是愿意相信他再次提起人生所说的"这个人生本没有意义，但是为没有意义的人生创造出价值，却是人的一种特性，是我们与其他动物不同的地方，也不能是被我们称之为灵魂所在吧"。

　　所以我在一次偶然成长后就一直在思考，怎么样在这样一个短暂的生命以及更加短暂的学习生活中，能够创造出一些真正的价值。而这价值，我想，就是成为最好的自己。

心态

这些日子的很多时候，只要给我一个人的空间时泪水便会夺眶而出。

时常晚上回家洗漱，听着水流哗哗的声音，随之带出的也有我无声的哭泣。

现实就是这样，任性过后会有报应，就像风雨过后会有彩虹一样。有很多时候，我们即便知道结果也不会太坚强、勇敢，不是因为我们害怕，而是因为担心一切尘埃落定后会流离失所。

考试考差会哭是心态，恐惧未来是心态，胸怀不够宽广也是心态，不满现状自暴自弃也有一部分是因为心态。是心态把我们与自己最好的距离拉得很远很远。

所以，未来，你想好要怎么活出自我了吗？

及笄

值得

所谓活着的意义是为他人而存在的吗？

多少次这么放荡过不羁过。

但人间真的不值得吗？

多少次这么思考过沉默过。

我们万般幸运来到人间，即便众生皆苦，或许也不值得你难过，因为能存在就已经很不容易，能遇见就可以算是幸运。

所以……

人间不值得忧愁，因为一次回眸，就耗费了前生那么多的运气。

造就

　　成长的我们不免有各式各样的烦恼，在这个望子成龙望女成凤的时代，艺术所带来的丰富与愉悦或许有时更多的是一种积淀。

　　傅雷曾在家书中告诫儿子要保持对艺术的谦卑与尊敬，其实不仅仅是艺术，生活中的点滴都需要我们抱有一种潜在的情感。这些深藏不露的内心涌动常会加深你对事物的认知，当身边的所有被赋予感情色彩的时候，世界就活了，也更丰盈了。

　　其实，我认为，相对于那些泰然处事的随性与潇洒，身边的一切更可能造就你的人生。所以，我喜欢的那些造就还会一直帮着我走下去吗？

及笄

逐梦

我们总把自己困在一个狭小的空间里，用那么点点坐井观天的轻狂去谱写生命恢宏的五线谱，从左往右，叙写的范围被内心束缚得日益减少。这算不算是自我放弃？

梦想只不过是为了让自己更有目标，而不是用来高瞻远瞩，更不是用做掩饰不努力的借口。

我们都有梦想，不是吗？重要的是你对如何逐梦的抉择！